이
방
인

일러두기

- 이 책은 Albert Camus, 『*L'étranger*』(Domaine public au Canada E-Book)를 참고했습니다.
- 이 작품은 원작을 완역했습니다.

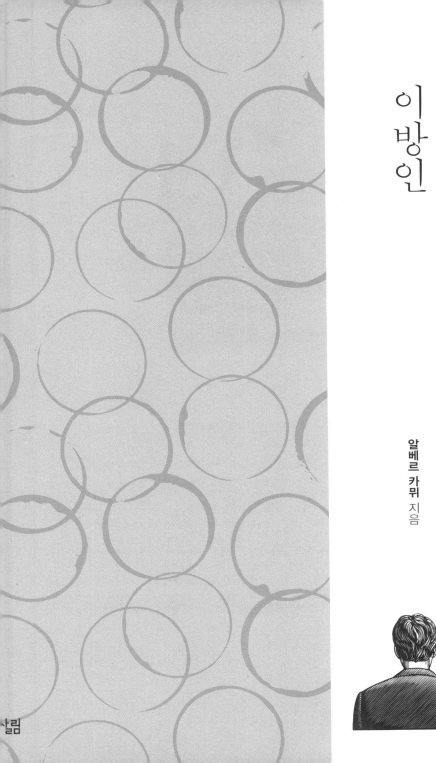

L'Étranger

이방인

알베르 카뮈 지음

살림

1957년 노벨상을 받은 직후의 알베르 카뮈

알베르 카뮈는 1913년 11월 7일, 프랑스의 식민지였던 알제리 몬도비에서 태어났다. 그의 아버지는 제1차 세계 대전에 징집되어 전쟁 중 사망했고, 그는 어려운 유년기를 보낸다. 1930년 알제 대학에 입학한 그는 평생 정신적 지주이자 스승이 된 장 그르니에를 만난다.

1937년 첫 소설 『안과 겉』을, 1938년 수필집 『결혼』을 발표하여 이름을 알린 그는 1942년 『이방인』을 발표하여 작가로서의 명성을 얻는다. 1947년, 알베르 카뮈는 6년간 공을 들인 역작 『페스트』를 발표해서 문단은 물론 일반인에게도 큰 호응을 얻는다. 젊은 시절부터 앓고 있던 폐결핵에 시달리면서도 카뮈는 희곡 『정의의 사람들』(1949), 수필집 『반항적 인간』(1951), 역시 수필집 『여름』(1954), 소설 『전락』(1955)과 『유배와 왕국』(1957)을 잇따라 발표했다. 1957년 노벨상 수상 소식을 전해 들은 그가 얼굴이 하얗게 질린 채 '앙드레 말로가 탔어야 하는데'라고 말했다는 사실은 유명하다. 그는 1960년 1월 4일 갈리마르 출판사 대표인 가스통 갈리마르의 조카, 미셸 갈리마르가 운전하는 자동차를 타고 자신이 살고 있던 남프랑스 루르마랭 마을의 집에서 파리로 올라오다가 교통사고로 사망했다. 그의 유해는 그가 마지막에 가족과 함께 살던 남프랑스 루르마랭 마을에 묻혔다.

Alur Comns

알베르 카뮈의 서명

『이방인』을 발표한 후 카뮈에게는 '부조리의 작가'라는 칭호가 늘 따라다녔다. 하지만 그는 부조리를 수락한 작가가 아니다. 그는 이중적으로 '반항적 인간'이었다. 우선 그는 인간의 삶이 그 자체 의미 있으며 조리 있다는 생각에 반항했다. 그에게 세상은 기본적으로 부조리하다. 우리는 이중 삼중의 부조리가 얽혀 있는 세상을 살고 있다. 우연으로 얽혀 있는 삶, 뚜렷한 동기나 목적이 없는 무의미한 삶을 살고 있다는 의미에서 부조리하고 그 부조리를 외면하고 환상적인 논리를 만드는 삶을 살고 있다는 의미에서 부조리하며, 더 나가 인간존재 자체가 부조리하다는 의미에서 부조리하다. 그러나 그는 그 부조리를 수락하지 않고, 무엇보다 그 부조리 자체에 반항했다. 그리고 그 반항과 분노 덕분에 그는 카뮈 특유의 '행복'을 발견한다.

온통 우연적인 일들의 단절로 이루어진 『이방인』에서 유일하게 필연적인 사건이 벌어진다. 강렬한 햇빛 때문에 아랍인을 살해한 사건이 바로 그것이다. 그 필연성은 겉으로 드러나 있는 사건들의 고리에 존재하지 않는다. 그 필연성은 바로 주인공 뫼르소의 내면의 충동에 존재한다. 태양 때문에 '우연히' 살인을 저지른 것이 아니라 태양 때문에 '필연적으로' 살인을 저지르게 된 것이다. 이 작품에서 주인공 뫼르소가 유일하게 진정으로 절실하고 의미 있는 행동을 하는 순간이다. 그가 세상과 연관을 맺는 유일한 순간이다. 저 작열하는 한낮의 태양과 몸으로 만나는 순간이다.

이방인 **차례**

제1부
제1장 ·010
제2장 ·033
제3장 ·041
제4장 ·054
제5장 ·063
제6장 ·072

제2부
제1장 ·092
제2장 ·104
제3장 ·118
제4장 ·140
제5장 ·154

『이방인』을 찾아서 ·176

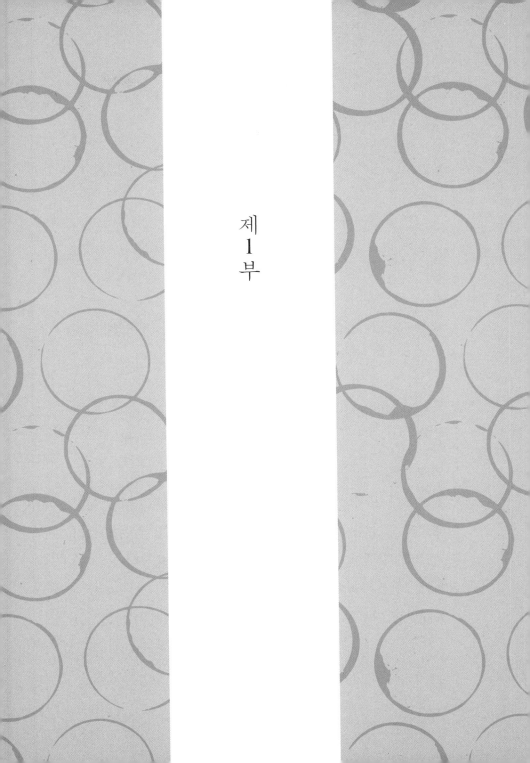

제
1
부

제1장

오늘 엄마가 세상을 떠나셨다. 아니, 어쩌면 어제였는지도 모르겠다. 나는 양로원으로부터 전보 한 통을 받았다.

모친 작고. 명일 장례식. 삼가 아룀

이것만으로는 알 수 없다. 아마 어제인 것 같다.

양로원은 알제(알제리의 수도-옮긴이 주)에서 80킬로미터 떨어진 마렝고에 있다. 두 시에 버스를 타면 오후에 도착할 수 있으리라. 그러면 밤샘할 수 있을 것이고 내일 저녁이면 돌아올 수 있으리라. 나는 사장에게 이틀의 휴가를 신청했다. 그는 이유가 이유니만큼 거부할 수 없었다. 하지만 못마땅해하는 기색이었다. 나는 그에게 이런 말까지 했다.

"제 탓은 아니잖습니까."

그는 대답하지 않았다. 그러자 나는 그런 말은 하지 말았어야 했다고 생각했다. 어쨌든 변명할 필요가 없었던 것이다. 오히려 그가 내게 애도의 뜻을 표했어야 했다. 하지만 모레쯤 내가 상중(喪中)인 모습을 보면 분명히 애도를 표할 것이다. 지금으로서야 어느 정도는 아직 엄마가 돌아가시지 않은 것 같았다. 반대로 장례식을 치르고 나면 확정된 일이 되어 모든 것이 공식적인 모습을 띠게 될 것이다.

나는 두 시 출발 버스를 탔다. 무척 더웠다. 나는 평소처럼 셀레스트네 식당에서 점심을 들었다. 모두 나를 위해 마음 아파했으며 셀레스트는 내게 "누구에게나 어머니는 한 분뿐이니 오죽할까"라고 말했다. 내가 식당을 나설 때 모두 나를 문까지 배웅해 주었다. 나는 약간 얼이 빠졌었다. 에마뉘엘의 집에 들러서 그에게 검은 넥타이와 상장(喪章)을 빌려야 했으니 말이다. 그는 몇 달 전에 숙부를 여의었다.

나는 출발 시간에 늦지 않기 위해 뛰었다. 나는 버스 안에서 깜빡 잠이 들었다. 그렇게 서둘러 달린 데다 덜컹거리는 버스 안에서 맡은 휘발유 냄새, 반짝거리는 길과 하늘 때문임이 분명했다. 나는 가는 동안에 거의 내내 자버렸다. 잠에서 깨어나니 어떤 군인에게 기대어 있었다. 그는 내게 미소를 지으며 멀리서 오느냐고 물었다. 나는 더 말하기 싫어서 "예"라고만 대답했다.

양로원은 마을에서 2킬로미터 거리에 있었다. 나는 걸어서 갔다. 나는 어머니를 곧장 보고 싶었다. 하지만 수위는 내게 원장을 만나야 한다고 말했다. 원장이 바빴기에 나는 얼마간 기다렸다. 기다리는 동안 수위가 내게 줄곧 말을 했고 이윽고 나는 원장을 만났다. 그는 자기 사무실에서 나를 맞았다. 그는 레지옹 도뇌르 훈장을 달고 있는 작은 키의 노인이었다. 그는 맑은 눈으로 나를 바라보았다. 이어서 그가 악수를 했는데 하도 오래 손을 잡고 있는 바람에 어떻게 빼내야 할지 난감했다. 그가 서류를 뒤적이더니 내게 말했다.

"뫼르소 부인은 3년 전에 여기 들어오셨어요. 부양자는 당신뿐이었고."

그가 어쩐지 나를 비난하는 것 같아서 나는 사정 이야기를 하려 했다. 그러자 그가 내 말을 막고 말했다.

"아니, 변명하지 않아도 됩니다. 당신 모친의 서류를 읽어봤어요. 모친을 부양할 수가 없더군요. 모친께는 간병인이 필요했어요. 그런데 당신 봉급은 별로 많지 않았지. 이러나저러나 모친께서는 이곳에 계신 게 더 행복했어요."

내가 말했다.

"맞습니다, 원장님."

그가 덧붙여 말했다.

"아시겠지만 모친께는 또래 친구분들이 계셨어요. 그분들과 지난 이야기를 나누며 즐기실 수 있었지요. 당신은 젊으니 당신과 있었다면 따분했을 겁니다."

사실이었다. 집에 있을 때면 엄마는 아무 말 없이 눈으로 나를 좇으며 시간을 보냈다. 양로원에 오고 처음 며칠 동안 엄마는 자주 울곤 했다. 하지만 그건 타성 때문이었다. 몇 달 후에 엄마를 양로원으로부터 모셔 오려고 했어도 엄마는 울었을 것이다. 여전히 타성 때문이다. 내가 지난 몇 년 동안 엄마를 찾아가 보지 않은 것도 어느 정도는 그 때문이었다. 게다가 버스 정류장까지 가서 차표를 끊고 두 시간 동안을 도로 위에서 보내야 하는 수고는 차치하고라도 나의 일요일을 몽땅 날려버려야 하기 때문이었다.

원장이 여전히 내게 말을 하고 있었다. 하지만 나는 거의 듣는 둥 마는 둥 했다. 이윽고 그가 말했다.

제1장

13

"모친을 보고 싶으시겠지요."

나는 말없이 자리에서 일어났고 그가 앞서서 문을 향해 걸어 갔다. 계단에서 그가 내게 설명했다.

"모친을 작은 빈소에 모셨습니다. 다른 분들을 자극하지 않기 위해서입니다. 이곳에 계시던 분이 돌아가실 때마다 다른 분들이 이삼일 동안은 신경이 예민해집니다. 그러면 돌봐드리기 여간 어려운 게 아닙니다."

우리는 여러 노인이 삼삼오오 모여서 잡담을 나누고 있는 뜰을 지나갔다. 우리가 지나갈 때 그들은 입을 다물었다. 우리 뒤에서 다시 대화가 재개되었다. 마치 앵무새가 소리를 죽여 재잘거리는 것 같았다. 작은 건물 앞에 이르자 원장이 내 곁을 떠났다.

"뫼르소 씨, 나는 가봐야겠습니다. 내 방에서 기다리고 있겠습니다. 원칙적으로 장례식은 열 시에 치르기로 되어 있습니다. 그래야 당신이 밤새 고인 곁을 지킬 수 있으리라고 생각한 겁니다. 끝으로 한 말씀 드리지요. 모친께서는 종종 친구분들에게 종교장(宗教葬)으로 장례식을 치러주었으면 하는 바람을 드러내신 것 같습니다. 내가 필요한 조치를 취해 놓았습니다. 그래도 당신께 알려드리고 싶군요."

나는 그에게 고맙다고 말했다. 엄마는 무신론자라고 할 수는 없었지만 생전에 종교에 대해 생각한 적도 없었다.

나는 안으로 들어갔다. 하얗게 석회칠이 되어 있고 천장에 채광창이 달린 아주 밝은 방이었다. 방안에는 의자들과 X자 모양의 받침대들이 갖춰져 있었다. 방 한가운데 있는 두 개의 받침대가 뚜껑이 덮인 관을 지탱하고 있었다. 호두 기름을 칠해 놓은 관 뚜껑 위에서 완전히 박아놓지 않은 나사못만이 반짝이고 있었다. 관 옆에 흰 간호복을 입고 머리에 선명한 색의 머플러를 두른 아랍인 간호사가 있었다.

순간 수위가 들어와 내 뒤로 다가왔다. 뛰어온 것이 분명했다. 그가 약간 더듬거리며 말했다.

"관 뚜껑을 덮었습니다. 선생께서 보실 수 있도록 나사를 풀어야겠군요."

그가 관으로 다가갔고 나는 그를 제지했다. 그가 내게 물었다.

"안 보시렵니까?"

내가 대답했다.

"네."

그는 행동을 멈추었고 나는 좀 어색했다. 그런 말은 하지 말았어야 했다고 느낀 것이다. 잠시 후 그가 나를 바라보며 물었다.

"왜 그러시죠?"

하지만 나무라는 기색은 아니었고 단지 왜 그러는지 궁금하다는 투였다. 나는 말했다.

"모르겠습니다."

그러자 그가 흰 콧수염을 어루만지며 나를 바라보지도 않고 선언하듯 말했다.

"이해합니다."

그의 푸르고 맑은 눈은 아름다웠으며 혈색은 약간 붉었다. 그는 내게 의자를 권하고 자기도 내 뒤에 조금 떨어져 앉았다. 간호사가 자리에서 일어나더니 문 쪽으로 걸어갔다. 그 순간 수위가 내게 말했다.

"피부병에 걸려서 저러는 겁니다."

나는 무슨 말인지 이해할 수 없어 간호사를 쳐다보았다. 그녀가 눈 아래 얼굴 전체를 빙 둘러 붕대를 감고 있는 모습이 보였다. 코 높이에서는 붕대가 평평했다. 얼굴에서 하얀 붕대만이 보일 뿐이었다.

그녀가 가버리자 수위가 말했다.

"나도 가보겠습니다."

내가 무슨 몸짓을 했는지 모르겠지만 그는 내 뒤에 서 있었다. 등 뒤에 그가 서 있는 게 거북했다. 방안에는 해 저물 무렵의 아름다운 빛이 가득했다. 말벌 두 마리가 유리창에 부딪히며 붕붕거리고 있었다. 나는 졸음이 엄습해 오는 것을 느꼈다. 나는 고개를 돌리지 않은 채 수위에게 말했다.

"이곳에 오래 계셨습니까?"

그는 마치 내 질문을 기다리고 있었다는 듯 지체 없이 대답했다.

"5년 됐습니다."

이어서 그는 수다를 떨었다. 누군가 그에게 그가 마렝고에서 수위로 일생을 마칠 것이라고 말해주었다면 그는 놀랐을 것이다. 그는 예순네 살이었고 파리 태생이었다. 그 순간 내가 그의 말을 자르고 말했다.

"아, 이곳 출신이 아니세요?"

그제야 나는 그가 나를 원장실로 안내해주기 전에 엄마에 대해 해주었던 말이 생각났다. 그는 시신을 빨리 매장해야 한다고, 평야 지대, 특히 이 지방은 몹시 덥기 때문이라고 말했었다. 그러면서 그는 자신이 파리 출신이라고, 파리를 잊기가 어렵다고 말했었다. 파리에서는 시신 곁에 사흘, 때로는 나흘간 머물수 있지만, 여기서는 그럴 시간이 없으며 죽음을 실감할 겨를도 없이 영구차 뒤를 따라가야 한다는 것이었다. 그러자 그의 아내가 그에게 말했었다.

"그만 좀 해요. 그런 건 이분께 해드릴 말이 아니에요."

노인이 얼굴을 붉히며 사과했다. 내가 그들 대화에 끼어들어 말했다.

"아닙니다. 절대 아닙니다."

나는 그의 말이 그럴듯하고 재미있다고 생각했던 것이다.

그 작은 빈소에서 그는 자신이 극빈자 자격으로 양로원에 들어왔다고 말했다. 그는 자신이 건장하다고 느꼈기에 수위의 자리를 지원했다고 말했다. 나는 그에게 그 역시 결국은 재원자(在院者)가 아니냐고 지적했다. 그는 아니라고 말했다. 나는 다른 재원자들을 '그들', '다른 이들', 드물게는 '늙은이들'이라고 부르는 그의 말투에 이미 놀랐었다. 몇몇 재원자는 그보다 나이가 적었는데도 말이다. 당연한 일이지만 그건 같은 게 아니었다. 그는 수위였고 그들에 대해 어느 정도 권한을 지니고 있었다.

그 순간 간호사가 들어왔다. 순식간에 땅거미가 졌다. 채광창 위로 빠르게 어둠이 두텁게 깔렸다. 수위가 전기 스위치를 돌렸고 갑자기 쏟아진 불빛에 눈이 부셔 아무것도 보이지 않았다. 그는 내게 식당으로 가서 저녁을 들자고 말했다. 하지만 나는 배가 고프지 않았다. 그러자 그는 밀크커피를 한 잔 갖다주겠다고 제안했다. 나는 밀크커피를 좋아했기에 그의 제안을 받아들였고 잠시 후 그는 쟁반을 들고 돌아왔다. 나는 커피를 마셨다. 그러자 담배를 피우고 싶었다. 나는 엄마의 시신 앞에서 그래도 좋은지 알 수 없어서 잠시 망설였다. 생각해보니 별로 문제 될 게 없었다. 나는 수위에게 담배를 권했고 우리는 담배를 피웠다.

어느 순간 그가 내게 말했다.

"아시겠지만 모친의 친구들이 함께 밤샘하러 올 겁니다. 관례지요. 의자들과 블랙커피를 가져와야겠어요."

나는 그에게 전등 하나는 끌 수 없느냐고 물었다. 흰 벽에 반사되는 불빛이 견디기 어려워서였다. 그는 그럴 수 없다고 말했다. 시설 자체가 그렇게 되어 있다는 것이었다. 둘 다 켜든지 둘 다 끄든지 둘 중 하나라는 것이었다. 이후 나는 그에게 별로 주의를 기울이지 않았다. 그는 나갔다가 돌아오더니 의자들을 늘어놓았다. 그는 그중 한 군데 위에 커피포트를 놓고 주변에 찻잔들을 포개 놓았다. 이어서 그는 엄마의 시신을 사이에 두고 나와 마주 앉았다. 간호사 역시 등을 돌린 채 안쪽에 앉아 있었다. 그녀가 무엇을 하고 있는지 보이지 않았다. 하지만 팔

동작으로 보아 뜨개질을 하는 것 같았다. 방안은 훈훈했고 커피를 마신 덕분에 몸도 따뜻해졌다. 열린 문으로 밤의 향기와 꽃향기가 들어왔다. 나는 약간 졸았던 것 같다.

뭔가 바스락거리는 소리에 나는 졸음에서 깨어났다. 눈을 감았던 탓에 방 안이 더욱 하얗게 반짝이는 것 같았다. 눈앞에 그림자 하나 없었고 물체 하나하나, 모서리 하나하나, 물체의 곡선 하나하나가 눈에 선할 만큼 또렷하게 그 모습을 드러내고 있었다. 바로 그 순간 엄마의 친구들이 들어섰다. 모두 열 명 정도였는데 그들은 이 눈부시게 밝은 빛 속으로 소리 없이 미끄러져 들어왔다. 그들은 의자 삐걱거리는 소리도 내지 않고 자리에 앉았다. 나는 마치 지금까지 사람이라고는 본 적이 없는 양 그들을 바라보았고 그들의 얼굴이나 옷의 세세한 부분까지 놓치지 않았다. 하지만 그들에게서는 아무 소리도 들리지 않는 것이 마치 그들이 실제로 존재하는지 의심이 들 정도였다. 거의 모든 여자가 앞치마를 두르고 있었으며 허리를 조여 맨 허리띠로 인해 그들의 볼록한 배가 더욱 튀어나와 있었다. 나는 늙은 여자들의 배가 저 정도로 튀어나올 수 있다는 사실을 이제까지는 눈여겨본 적이 없었다. 남자들은 거의 모두 몸이 야위었고 지팡이를 들고 있었다. 그들의 얼굴을 보고 놀란 것은 눈은 보이지 않고 단지 주름투성이 한가운데 광채 없는 희미한 빛만 보인다는 사실이었다. 그들은 자리에 앉자 대부분 나를 바라보며 어색하게 머리를 끄덕였다. 입술이 이가 빠진 입속으로 말려 들어가 있어서 나는 그들이 내게 인사를 하는 것인지 아니면 안면 근육 경련으로 입술을 움찔하는 것인지 알 수가 없었다. 내 생각에는 아마 인사를 한 것 같다. 그들이 모두 수위 주변 내 앞에 앉아 고개를 끄덕이고 있음을 내가 알아차린 것은 바로 그때였다. 나는 한순간 그들이 나를 심판하기 위해 저기 앉아 있는 것은 아닌가 하는 어처구니없는 느낌을 받았다.

잠시 후 한 여자가 울기 시작했다. 그녀는 두 번째 줄에 앉아 있었기에 앞에 앉은 동료에게 가려져 잘 보이지 않았다. 그녀는 숨죽여 규칙적으로 흐느꼈다. 내게는 그녀가 결코 울음을 멈추지 않을 것만 같았다. 다른 사람들은 울음소리가 들리지 않는 것 같았다. 그들은 맥없이 침울한 표정으로 말없이 앉아 있었다. 그들은 관, 혹은 자신의 지팡이, 혹은 다른 그 무엇인가를 바라보고 있었으며 오직 그것만 바라보고 있었다. 여자는 여전히 울고 있었다. 나는 내가 그 여자를 모른다는 사실에 매우 놀랐다. 울음소리가 들리지 않았으면 싶었다. 하지만 감히 그런 말을 할 수는 없었다. 수위가 그녀에게 고개를 숙이고 뭔가 말을 했지만 그녀는 고개를 흔들며 뭔가 중얼거리더니 규칙적인 울음을 계속했다. 그러자 수위가 내 곁으로 왔다. 그는 내 옆에 앉았다. 꽤 시간이 지나서야 그가 나를 바라보지도 않은 채 알려주었다.

"저 여자는 당신 모친과 아주 친했습니다. 모친이 유일한 친구였는데 이제 외톨이가 되었다는 겁니다."

우리는 그렇게 오랫동안 앉아 있었다. 그 여자의 한숨과 오열이 훨씬 잦아들었다. 그녀는 자주 훌쩍거렸다. 이윽고 그녀가 울음을 멈추었다. 나는 이제 졸리지 않았지만 피곤했고 허리가 아팠다. 이제는 모든 사람의 침묵이 견디기 어려웠다. 이따금 야릇한 소리가 들렸지만 무슨 소리인지는 알 수 없었다. 마침내 나는 늙은이들 몇몇이 볼 안쪽을 빨면서 그런 야릇한 소리를 낸다는 것을 알 수 있었다. 그들은 모두 자신들의 생각에 너무 빠져 있어서 자신이 그런 소리를 낸다는 것을 알아차리지 못했다. 심지어 나는 그들 한가운데 누워있는 시신이 그들에게 아무 의미도 없다는 인상까지 받았다. 하지만 지금 생각하면 잘못된 인상이었다.

우리는 모두 수위가 따라준 커피를 마셨다. 그런 후 어떤 일이 있었는지는 모르겠다. 밤이 지나갔다. 어느 순간 내가 눈을 떴다는 것, 지팡이를 잡은 손등에 턱을 기댄 채 마치 내가 깨어 나기만을 기다리고 있었다는 듯 나를 뚫어지게 바라보고 있던 한 사람을 제외하고는 노인들이 쭈그린 채 잠든 모습이 보였다 는 것만 기억날 뿐이다. 그리고 나는 다시 잠이 들었다. 나는 점 점 더 허리가 아파서 잠에서 깨어났다. 채광창 위로 날이 미끄 러지듯 밝아오고 있었다. 잠시 후 노인 한 명이 잠에서 깨어나 심하게 기침을 했다. 그는 체크무늬 손수건에 가래를 뱉었고, 그럴 때마다 마치 가래를 뽑아내는 것 같았다. 그가 다른 이들 을 깨웠고 수위는 이제 출발해야 한다고 말했다. 그들은 몸을 일으켰다. 불편한 밤샘으로 그들 얼굴은 잿빛이었다. 그들은 밖 으로 나가면서, 정말 놀랍게도 모두 내게 악수를 했다. 마치 말 한마디 나누지 않은 채 보낸 그 밤이 우리를 무척 친밀하게 만 들어 준 것처럼.

　나는 피곤했다. 수위는 나를 그의 숙소로 데려갔고 나는 대 충 씻을 수 있었다. 나는 밀크커피를 한 잔 더 마셨는데 맛이 아주 좋았다. 밖으로 나왔을 때는 날이 훤히 밝아 있었다. 마렝 고와 바다를 가르고 있는 언덕들 위로 하늘은 붉게 물들어 있 었다. 언덕 위로 불어오는 바람에 이곳까지 소금 냄새가 실려 왔다. 아름다운 하루가 시작되고 있었다. 시골에 가본 적이 하도 오래되었기에 엄마 일만 아니었다면 정말 즐겁게 산책할 수 있었을 텐데, 라고 나는 느꼈다.

그러나 나는 정원 플라타너스 아래에서 기다렸다. 나는 신선한 대지의 향기를 들이마셨다. 더 이상 졸리지 않았다. 사무실 동료들이 생각났다. 이 시각이면 출근하기 위해 자리에서 일어나리라. 내게는 가장 힘든 시각이었다. 나는 그런 것들에 대해 좀 더 생각에 잠겨 있었다. 그런데 건물 안쪽에서 들려오는 종소리에 생각이 흩어졌다. 창들 뒤에서 잠시 소란이 일더니 다시 잠잠해졌다. 태양이 좀 더 하늘 높이 떠올라 있었다. 태양이 내 발을 덥히기 시작했다. 수위가 뜰을 가로질러 오더니 원장이 나를 보잔다고 말했다. 나는 원장실로 갔다. 그는 내게 몇 가지 서류에 서명하라고 했다. 그가 줄무늬 바지에 검은 옷을 입고 있는 것을 볼 수 있었다. 그는 손에 전화기를 든 채 나에게 말을 걸었다.

"장의사 사람들이 조금 전부터 와 있습니다. 관을 닫으라고 할 참이오. 그 전에 모친을 한 번 더 보시려오?"

나는 아니라고 대답했다. 그는 목소리를 낮춰 전화기에 대고 지시했다.

"피자크, 인부들에게 일을 진행하라고 말하게."

이어서 그는 자신이 장례식에 참석할 것이라고 말했고 나는 그에게 고맙다고 말했다. 그는 책상 뒤로 가서 짧은 다리를 꼬고 앉았다. 그는 담당 간호사 외에 나와 자신만 장례식에 참석할 것이라고 내게 일러주었다. 원칙적으로 재원자들은 장례식에 참석할 수 없었다. 오직 밤샘만 허용한다는 것이었다.

"인정상 그러는 거지요"라고 그가 말했다. 그러나 이번 경우에는 엄마의 오랜 친구인 '토마 페레'에게 운구 행렬을 뒤따르는 것을 허락했다고 했다. 그 대목에서 원장은 웃었다. 그가 말했다.

"실은 좀 유치한 감정이지요. 어쨌든 그 사람과 당신 모친은 한시도 떨어져 있지 않았어요. 이곳 양로원에서 사람들이 그들을 놀리며 페레에게 '당신 약혼자군요'라고 말하곤 했다오. 그러면 그는 웃었어요. 그게 그들에게는 즐거웠던 거지요. 실제로 그는 뫼르소 부인의 죽음으로 큰 충격을 받았습니다. 그래서 장례식 참석을 허락하지 않을 수 없다고 생각한 겁니다. 하지만 왕진 의사의 충고에 따라 어젯밤 밤샘은 금했다오."

우리는 꽤 오랫동안 말없이 있었다. 원장은 자리에서 일어나더니 사무실 창문을 통해 밖을 내다보았다. 어느 순간 그가 말했다.

"벌써 마렝고의 신부님이 오시는군. 일찍 오셨네."

그는 나에게 그 마을에 있는 성당까지 가려면 최소한 45분은 걸어가야 한다고 미리 알려 주었다. 우리는 아래로 내려갔다. 건물 앞에는 신부와 복사(服事) 아이 두 명이 있었다. 그중한 명이 향로를 들고 있었고 신부는 향로의 은줄 길이를 조정하느라 허리를 굽히고 있었다. 우리가 도착하자 신부는 몸을 일으켰다. 그는 나를 '형제'라고 부르며 내게 몇 마디 말을 던졌다. 그가 안으로 들어갔고 나는 그의 뒤를 따랐다.

관의 나사못이 박혀 있는 모습과 함께 검은 옷을 입은 네 명의 사내가 방 안에 있는 것이 갑자기 눈에 들어왔다. 영구차가 길에서 기다리고 있다는 원장의 말과 신부의 기도 소리가 거의 동시에 들렸다. 그 순간부터 모든 것이 매우 빠르게 진행되었다. 인부들이 관을 덮는 천을 들고 관을 향해 나아갔다. 신부와 복사들, 원장과 내가 밖으로 나갔다. 문 앞에는 내가 모르는 한 여자가 있었다.

"뫼르소 씨입니다"라고 원장이 말했다.

나는 그 여자의 이름을 듣지 못했다. 다만 그녀가 담당 간호사라는 사실만 알 수 있었을 뿐이었다. 그녀는 미소도 짓지 않은 채 뼈가 앙상하고 길쭉한 얼굴을 숙였다. 이어서 우리는 시신이 지나갈 수 있도록 줄지어 늘어섰다. 우리는 운구하는 사람들 뒤를 따라 양로원을 나섰다. 문 앞에 영구차가 있었다. 길쭉한 데다 니스 칠을 해서 반짝반짝 윤이 나는 것이 필통을 연상시켰다. 영구차 옆에는 우스꽝스러운 옷차림에 작은 키의 장의 담당자와 어색한 거동의 노인 한 명이 있었다. 나는 그가 페레 씨임을 알 수 있었다. 그는 챙이 넓고 둥근 펠트 모자를 쓰고 있었고—관이 문 앞을 지나갈 때 그는 모자를 벗었다—구두 위에서 주름져 있는 바지와 커다란 흰 칼라가 달린 저고리를 입고 있었으며 그 저고리에 비해 너무 작은 검정 나비넥타이를 매고 있었다. 주근깨가 나 있는 코 밑의 입술이 떨리고 있었다. 축 늘어진 데다 가장자리가 이상하게 못생긴 귀 위로 아주 가느다란 머리카락이 흘러내리고 있었는데, 창백한 얼굴에 핏빛처럼 붉은 귀의 색깔이 눈에 두드러져 보였다. 장의 담당자가 우리에게 자리를 정해주었다. 신부가 맨 앞에서 걸었고 영구차가 뒤를 이었다. 영구차 주변으로는 네 명의 인부, 그 뒤에 원장과 나, 그리고 행렬 후미에 담당 간호사와 페레 씨가 뒤따랐다.

하늘에는 이미 햇빛이 가득했다. 햇빛이 땅 위에 내리쪼이기 시작했고 열기가 급속도로 상승했다. 나는 우리가 왜 그토록 오래 기다렸다가 걷기 시작한 것인지 알 수 없었다. 나는 어두운 색의 옷을 입고 있어서 더웠다. 모자를 다시 쓰고 있던 키 작은 노인이 다시 모자를 벗었다. 나는 노인 쪽으로 몸을 약간 돌리고 그를 바라보았다. 내가 그를 바라보고 있자니 원장이 노인에 대해 내게 이야기를 했다. 원장은 나의 어머니와 페레 씨가 저녁이면 종종 간호사와 동행해서 마을까지 산책하곤 했다고 말했다. 나는 주위의 벌판을 바라보았다. 하늘과 맞닿은 언덕들까지 줄지어 늘어서 있는 실편백 나무들, 적갈색과 초록색의 대지, 드문드문 서 있는 그림 같은 집들을 통해 나는 엄마를 이해했다. 이곳에서의 저녁이란 우수에 잠긴 휴식과도 같았으리라. 지금은 흘러넘치는 태양이 풍경을 떨리게 하면서 그 풍경을 비인간적이고 쇠약하게 만들고 있었다.

　우리는 걷기 시작했다. 나는 그제야 페레 씨가 다리를 가볍게 전다는 것을 알아차렸다. 영구차는 점점 속도를 냈고 노인은 뒤로 처졌다. 영구차 곁을 따라가던 인부 중 한 명도 뒤처져서 나와 나란히 걷게 되었다. 나는 태양이 그토록 빠르게 하늘로 떠오르는 것을 보고 놀랐다. 나는 이미 오래전부터 들판에서 벌레가 윙윙거리는 소리, 타닥타닥 풀 소리가 들리는 것을 알아차리고 있었다. 뺨으로 땀이 흘러내렸다. 나는 모자가 없

었으므로 손수건으로 부채질을 했다. 그때 장의사 인부가 내게
무슨 말인가 했지만 나는 알아듣지 못했다. 동시에 오른손으로
모자 가장자리를 들어 올리면서 그는 왼손에 쥐고 있던 손수건
으로 머리의 땀을 닦았다.

내가 그에게 말했다.

"뭐라고요?"

그가 하늘을 가리키며 되풀이 말했다.

"지독하게 내리쬔다고요."

"네." 내가 대답했다.

얼마 후 그가 내게 물었다.

"저분이 어머니신가요?"

나는 다시 "네"라고 대답했다.

"연세가 많으셨나요?"

나는 정확한 나이를 몰라서 "그런 셈이지요"라고 대답했다.
그는 입을 다물었다. 뒤를 돌아보니 페레 노인이 약 50미터 뒤
처져서 따라오고 있는 모습이 보였다. 그는 손에 들고 있는 펠
트 모자를 흔들며 걸음을 재촉하고 있었다. 나는 원장도 바라
보았다. 그는 불필요한 동작 없이 대단히 근엄하게 걷고 있었
다. 이마에 땀방울이 맺혀 있었지만 그는 닦으려 하지 않았다.

행렬의 속도가 좀 더 빨라진 것 같았다. 주변으로는 여전히 태양을 머금은 빛나는 들판이 이어지고 있었다. 하늘에서 작열하는 햇빛이 견디기 어려웠다. 어느 순간 우리는 최근에 새로 포장한 도로를 지나가고 있었다. 햇빛을 받아 아스팔트가 갈라져 있었다. 발이 빠지면서 아스팔트의 번쩍이는 속살이 그대로 드러났다. 영구차 위에서 보이는 마부의 가죽 모자가 마치 이 검은 타르를 짓이겨 만든 것 같았다. 푸르고 흰 하늘과, 속을 드러낸 타르의 끈적끈적한 검은색, 상복들의 음울한 검은색, 옻칠한 마차의 검은색 등 이 온통 단조로운 색깔 사이에서 나는 어느 정도 정신이 몽롱해졌다. 태양, 영구차에서 나는 가죽과 말똥 냄새, 니스와 향냄새, 잠 못 이룬 밤의 피로 때문에 눈앞이 흐려졌고 머리가 어지러웠다. 나는 다시 한번 뒤를 돌아보았다. 페레는 멀리 뒤떨어져 있었다. 마치 구름 같은 열기 속으로 모습을 감추는 것 같더니 더 이상 보이지 않았다. 눈을 이리저리 돌려 찾아보았더니 길을 벗어나 들판을 가로지르고 있는 그의 모습이 보였다. 나는 내 앞의 도로가 휘어져 있는 것을 알아차릴 수 있었다. 이 고장에 대해 잘 알고 있는 페레가 지름길을 통해 우리를 따라잡으려 한다는 것을 나는 알 수 있었다. 길모퉁이에서 그는 우리를 따라잡았다. 그런 후 그는 다시 시야에서 사라졌다. 그는 다시 들판을 가로지르기를 수차례 반복했다. 나는 관자놀이에서 피가 뛰는 것을 느꼈다.

이후 모든 일이 아주 정확하고 분명하게, 또한 자연스럽게 진행되었기에 나는 아무것도 기억나지 않는다. 다만 한 가지 기억나는 것은 마을 입구에서 담당 간호사가 내게 말을 걸었다는 사실이다. 그녀의 목소리는 얼굴과는 어울리지 않게 아름답고 울림이 있는 독특한 목소리였다. 그녀가 내게 말했다.

"천천히 가면 일사병에 걸릴 수도 있어요. 하지만 너무 빨리 가면 땀에 흠뻑 젖어 성당에 들어갔을 때 오한이 날 수 있어요."

그녀의 말이 옳았다. 달리 어쩔 도리가 없었다. 나는 그날의 몇몇 이미지들을 아직도 기억하고 있다. 예를 들어 마지막으로 마을 가까이서 우리를 따라잡았을 때의 페레의 얼굴. 그의 뺨이 흥분과 고통의 눈물로 흥건히 젖어 있었다. 하지만 주름 때문에 눈물이 흘러내리지는 않았다. 눈물은 그의 일그러진 얼굴 위에서 흩어졌다 다시 합쳐졌다 하면서 마치 옻칠한 것처럼 번들거리고 있었다. 이어서 성당, 보도 위에 서 있던 마을 사람들, 묘지 위의 붉은 제라늄들, 페레의 기절,─마치 인형이 해체된 것 같았다─엄마의 관 위로 뿌려지던 핏빛의 흙, 흙 속에 섞여 있던 풀뿌리들의 하얀 속살, 끊임없이 부르릉거리던 버스 엔진

소리, 버스가 알제의 빛의 둥지로 들어섰을 때, 그리고 이제 잠자리에 들어 열두 시간을 꼬박 잘 수 있겠구나, 라는 생각이 들었을 때 내가 맛본 기쁨, 그런 것들이 기억난다.

제2장

잠에서 깨어나면서 나는 내가 이틀간의 휴가를 신청했을 때 사장이 왜 못마땅해했는지 깨달았다. 오늘이 바로 토요일이기 때문이었다. 즉 나는 그것을 잊고 있었는데 일어나면서 그 생각이 떠오른 것이다. 당연히 사장은 내가 일요일을 포함해서 나흘간 쉬게 되리라고 생각했을 것이고 그것이 탐탁하지 않았던 것이다. 하지만 한편으로는 엄마의 장례식을 오늘 치르지 않고 어제 치른 것이 내 잘못이 아니며 다른 한편으로는 어차피 나는 토요일과 일요일은 쉬었을 것이다. 물론 그렇다고 해서 사장의 마음을 이해하지 못할 바는 아니었다.

어제 일로 피곤해서 자리에서 일어나기가 힘들었다. 면도하면서 오늘 뭘 할까 하고 고민하다가 해수욕을 하러 가기로 결

정했다. 항구의 해수욕장으로 가기 위해 나는 전차를 탔다. 그
곳에서 나는 바다로 뛰어들었다. 젊은이들이 많이 있었다. 나
는 물속에서 마리 카르도나를 만났다. 그녀는 이전에 내 사무
실에서 타이피스트로 일했고 당시 나는 그녀에게 마음이 있었
다. 그녀 역시 그랬던 것 같다. 하지만 그녀가 얼마 안 가서 회
사를 그만두었고 우리에게는 기회가 없었다. 나는 그녀가 널찍
한 튜브 위로 오르는 것을 도와주었고 그 동작을 하면서 그녀
의 가슴을 스쳤다. 그녀가 이미 튜브 위에 배를 깔고 엎드렸을
때도 나는 여전히 물속에 있었다. 그녀가 나를 향해 몸을 돌렸
다. 그녀는 머리칼이 흘러내린 눈으로 웃고 있었다. 나는 튜브
위 그녀 곁으로 기어 올라갔다. 기분이 좋았다. 나는 농담을 던
지며 고개를 뒤로 젖혀 그녀의 배를 베고 누웠다. 그녀는 아무
말이 없었고 나는 그대로 있었다. 온 하늘이 눈으로 들어왔다.
하늘은 푸르렀고 황금빛이었다. 내 목덜미 아래에서 마리의 배
가 천천히 오르내리는 것이 느껴졌다. 우리는 반쯤 잠이 든 채
튜브 위에 오랫동안 머물러 있었다. 태양 빛이 너무 강해지자
그녀가 물로 뛰어들었고 나도 뒤를 따랐다. 나는 그녀를 따라
잡고 그녀의 허리에 팔을 감은 채 함께 헤엄을 쳤다. 그녀는 줄
곧 웃고 있었다. 방파제 위로 올라와 몸을 말리고 있는 동안 그

녀가 내게 말했다.

"당신보다 내가 더 탔어요."

나는 그녀에게 저녁에 함께 영화 보러 가지 않겠느냐고 물었다. 그녀는 여전히 웃으면서 페르낭델(프랑스의 대표적인 희극 배우-옮긴이 주)이 주연한 영화를 보고 싶다고 말했다. 우리가 다시 옷을 입었을 때 그녀는 검은 넥타이를 맨 내 모습을 보고 매우 놀란 표정을 지으며 내가 상중이냐고 물었다. 나는 엄마가 돌아가셨다고 말했다. 그녀가 언제부터냐고 묻기에 나는 "어제부터"라고 대답했다. 그녀는 약간 움찔했지만 아무런 말도 하지 않았다. 나는 그녀에게 그건 내 탓이 아니라고 말하려다 그만두었다. 사장에게 이미 그런 말을 했던 것이 생각났기 때문이었다. 그건 아무 의미도 없었다. 어쨌든 누구나 항상 얼마간 잘못할 수 있는 법이다.

저녁이 되자 마리는 모든 것을 다 잊었다. 영화는 가끔 익살스러웠지만 정말로 너무 형편없었다. 마리가 자신의 다리를 내 다리에 밀착했다. 나는 그녀의 가슴을 어루만졌다. 영화가 끝날 무렵 그녀에게 키스했지만 제대로 되지 않았다. 영화관을 나오자 그녀는 내 집으로 왔다.

내가 잠에서 깨어났을 때 그녀는 떠나고 없었다. 그녀는 숙

모 집으로 가야 한다고 내게 설명했었다. 오늘이 일요일이라는 생각이 났고 나는 따분해졌다. 나는 일요일을 좋아하지 않았다. 나는 침대 위에서 몸을 뒤척이며 베개에 남아 있는 마리 머리카락의 소금 냄새를 좇다가 열 시까지 자버렸다. 잠에서 깬 뒤에도 나는 침대에 누워 담배를 피워 물었고 정오가 될 때까지 그대로 있었다. 평소처럼 셀레스트네 식당에서 점심을 들고 싶지 않았다. 사람들이 내게 질문을 던질 게 뻔했고 나는 그것이 싫었다. 나는 달걀 프라이를 한 다음 빵도 없이 접시에 입을 대고 먹었다. 집에 빵이 없었고 빵을 사러 내려가고 싶지 않았기 때문이었다.

점심 식사 후에 약간 따분해서 나는 아파트 안을 서성거렸다. 엄마가 있었을 때는 안락했다. 지금은 나 혼자 지내기에 너무 넓어 식당의 식탁을 내 방으로 들여놓아야 했다. 나는 오로지 이 방에서, 약간 내려앉은 밀집 의자들, 거울이 누렇게 된 옷장, 화장대와 구리 침대 사이에서 지내고 있다. 나머지는 모두 방치된 채였다. 얼마 후 뭐라도 해야겠기에 나는 오래된 신문을 한 장 집어 읽었다. 나는 거기 실린 크뤼셴 소금 광고를 오려서 재미있는 신문 기사를 스크랩해 두는 낡은 공책에 붙였다. 나는 손을 씻고 마침내 발코니로 나왔다.

내 방은 교외 간선도로에 면해 있다. 오후의 날씨는 화창했다. 하지만 보도는 끈적거렸고 드문드문 보이는 사람들이 걸음을 재촉하고 있었다. 제일 먼저 산책하는 가족이 눈에 띄었다. 무릎 밑까지 내려오는 반바지 차림에 빳빳한 세일러복을 입고 약간 거북해하는 듯한 두 소년과 커다란 장밋빛 리본을 달고 검은색 에나멜 구두를 신은 어린 소녀가 앞서서 걷고 있었다. 그들 뒤를 밤색 비단옷을 입은 엄청난 거구의 어머니와 작은 키에 홀쭉한, 내게 안면이 있는 아버지가 따르고 있었다. 그는 밀짚모자에 나비넥타이를 매고 지팡이를 손에 들고 있었다. 그가 아내와 함께 있는 모습을 보니 동네 사람들이 왜 그를 두고 훌륭한 사람이라고 말하는지 이해할 수 있었다. 잠시 후 교외의 젊은이들이 지나갔다. 그들은 머리에 기름을 바르고 빨간 넥타이를 맸으며 허리가 꽉 끼는 양복 윗도리에 수놓은 장식용 손수건을 꽂았고 끝이 각진 구두를 신고 있었다. 나는 그들이 시내로 영화를 구경하러 간다고 생각했다. 그래서 그렇게 일찍 출발한 것이고 그토록 신나게 웃어대면서 전차를 타기 위해 서두르는 것이리라.

그들이 지나간 뒤 거리에는 차츰 인적이 뜸해졌다. 여기저기서 영화 상영이 시작된 거라고 나는 생각했다. 길거리에는 상점 주인들과 고양이들 외에는 더 이상 아무도 없었다. 길가에 늘어선 무화과나무 가로수 위로 하늘은 맑았지만 햇살이 강렬하지는 않았다. 맞은편 인도 위로 담배 가게 주인이 의자를 내와 문 앞에 놓더니 등받이에 두 팔을 걸치고 걸터앉았다. 조금 전까지만 해도 만원이던 전차는 거의 비어 있었다. 담배 가게 옆의 자그마한 '피에로네' 카페에서는 종업원이 텅 빈 가게 안에서 부스러기들을 쓸고 있었다. 진짜로 일요일이었다.

나는 의자를 돌려 담배 가게 주인처럼 놓았다. 그게 편해 보였기 때문이었다. 나는 담배를 두 대 피운 후 안으로 들어가 초콜릿 한 조각을 들고 창가로 다시 와서 먹었다. 잠시 후 하늘이 어두워졌고 나는 여름철 소나기가 쏟아지겠다고 생각했다. 하지만 하늘은 차츰 맑아졌다. 그런데 구름이 지나가면서 마치 비가 오려는 징조인 양 거리가 어두워졌다. 나는 오랫동안 하늘을 바라보며 머물러 있었다.

다섯 시가 되자 전차들이 소리를 내며 도착했다. 교외 경기장으로부터 돌아오는 구경꾼들이 발판이며 난간이며 발 디딜 틈 없이 꽉 들어차 있었다. 뒤이은 전차들에는 운동선수들이 타고 있었다. 그들이 들고 있는 작은 가방을 보고 그들이 운동선수임을 알 수 있었다. 그들은 그들의 클럽은 결코 패하지 않을 것이라고 목청껏 고함치고 노래를 불렀다. 몇몇은 내게 손을 흔들었다. 그들 중 한 명이 내게 외쳤다.

"우리가 이겼어요."

나는 고개를 끄덕여 알겠다는 표시를 했다. 그때부터 자동차들이 몰려오기 시작했다.

날이 조금 더 저물었다. 지붕들 위의 하늘은 불그스름해졌고 저녁이 시작되면서 거리는 활기를 띠었다. 산책하던 사람들이 차츰 돌아오고 있었다. 나는 다른 사람들 틈에서 그 훌륭한 남자를 알아보았다. 아이들은 울거나 손목을 잡혀 끌려오고 있었다. 곧이어 거리의 영화관에서 관람객들이 밀물처럼 거리로 쏟아져 나왔다. 그들 중 젊은이들이 보통 때보다 더 결연한 몸짓인 것으로 보아 그들이 활극을 보았으리라고 나는 생각했다. 도심 영화관에서 돌아오는 사람들은 조금 뒤에 도착했다. 그들은 한결 심각해 보였다. 그들도 웃고 있었지만 가끔씩 피곤해 보였고 생각에 잠긴 듯했다. 그들은 정면 인도 위를 왔다 갔다 하면서 거리에 머물러 있었다. 마을 젊은 여자들이 모자를 쓰지 않은 채 팔짱을 끼고 서 있었다. 젊은이들이 일부러 그녀들 옆을 지나면서 농담을 던졌고 그녀들은 고개를 돌리고 웃었다. 그녀들 중 내가 아는 몇몇이 내게 손짓으로 아는 척했다.

가로등이 갑자기 켜졌고 어둠 속에 떠오른 첫 별들의 빛을 흐리게 했다. 사람들과 불빛으로 가득 찬 거리를 바라보고 있자니 눈이 피곤해지는 것을 느꼈다. 축축한 보도가 가로등 불빛에 번쩍였고 전차들은 일정한 간격을 두고 들어오면서 그 빛이 머리칼과 웃음 띤 얼굴, 은팔찌 위에서 어른거렸다. 잠시 후 전차가 뜸해지고 칠흑 같은 밤이 가로수와 가로등 위로 펼쳐지자 거리는 어느새 텅 비었고 제일 먼저 나타난 고양이가 천천히 황량해진 거리를 가로지르고 있었다. 그러자 나는 저녁을 먹어야겠다고 생각했다. 의자에 너무 오래 기대고 있어서인지 목이 약간 뻣뻣했다. 나는 내려가 빵과 파스타를 사온 후 요리를 해서 선 채로 먹었다. 창가로 가서 담배를 피우려 했지만 날씨가 쌀쌀해서 약간 추웠다. 창문을 닫고 돌아오면서 나는 알코올램프와 몇 덩이의 빵이 놓여 있는 탁자 한끝을 거울을 통해 보았다. 나는 여느 때처럼 일요일이 지나간 것이라고, 엄마 장례식이 끝났고 나는 다시 일을 시작할 것이며 결국 변한 건 아무것도 없다고 생각했다.

제3장

 나는 오늘 사무실에서 일을 많이 했다. 사장은 상냥했다. 그
는 내게 너무 피곤하지 않냐고 물었고 엄마의 나이도 알고 싶
어 했다. 나는 틀린 대답을 하고 싶지 않아 "예순 살 정도입니
다"라고 대답했다. 그 말에 사장이 왜 한시름 던 듯한 표정을
지었는지, 또한 그 일을 이미 끝난 일로 생각하는 듯한 표정을
지었는지 나는 알 수 없었다.

 내 책상 위에는 한 무더기의 선하 증권이 쌓여 있었고 나는
그것을 꼼꼼히 검토해야 했다. 점심을 들기 위해 사무실을 나
서기 전에 나는 손을 씻었다. 나는 정오 때의 이 순간을 정말
좋아한다. 저녁이면 우리가 쓰는 두루마리 수건이 축축해져서
기분이 별로 좋지 않다. 온종일 한 장의 수건을 사용하는 것이

다. 어느 날 사장에게 내가 그 사실을 지적한 적이 있었다. 사장은 유감이긴 하지만 별로 중요하지 않은 사소한 일이라고 대답했다. 나는 좀 늦은 시각인 열두 시 반쯤에 발송과에서 근무하는 에마뉘엘과 함께 밖으로 나왔다. 회사는 바다를 향하고 있어서 우리는 태양이 작열하고 있는 항구의 화물선들을 바라보느라 잠시 시간을 지체했다. 순간 트럭 한 대가 사슬 부딪치는 소리와 폭발음을 내며 다가왔다. 에마뉘엘이 내게 "집어 탈까?"라고 물었고 나는 달리기 시작했다. 트럭이 우리를 앞질렀고 우리는 그 뒤를 따라 맹렬히 달렸다. 나는 소음과 먼지에 휩싸였다. 아무것도 보이지 않았고, 권양기들과 기관들, 수평선에서 출렁이는 돛대들, 옆을 스쳐 지나는 선체들 가운데서 미친 듯 질주하는 우리들의 뜀박질만 느껴질 뿐이었다. 내가 먼저 받침대를 잡고 뛰어올랐다. 이어서 나는 에마뉘엘이 올라앉도록 도왔다. 우리는 숨을 몰아쉬었고 트럭은 부두의 울퉁불퉁한 도로 위를 덜컹거리며 먼지 자욱한 햇빛 속을 달렸다. 에마뉘엘은 숨이 넘어가도록 웃어댔다.

우리는 땀에 흠뻑 젖은 채 셀레스트네 식당에 도착했다. 흰 콧수염의 셀레스트는 늘 그렇듯이 뚱뚱한 배에 앞치마를 두르고 있었다. 그가 내게 "그래도 잘 지내지?"라고 물었다. 나는 잘 지낸다고 대답한 후 배가 고프다고 말했다. 나는 재빨리 식사한 후 커피를 마셨다. 그런 후 나는 집으로 돌아와 잠시 잠이 들었다. 포도주를 너무 많이 마신 탓이었다. 잠에서 깨어나니 담배를 피우고 싶어졌다. 늦었기 때문에 나는 전차를 잡기 위해 뛰었다. 나는 오후 내내 일했다. 사무실 안은 너무 더웠기에 저녁에 퇴근해서 부둣가를 천천히 걸어서 돌아오자니 기분이 좋았다. 하늘은 초록색이었고 나는 만족스러웠다. 하지만 나는 곧장 집으로 돌아왔다. 감자를 삶아 먹고 싶었기 때문이었다.

어두운 계단을 오르다가 나는 같은 층 이웃에 사는 살라마노 영감과 마주쳤다. 개와 함께였다. 그들이 함께 있는 모습을 본 지 8년이 되었다. 그 스패니얼 개는 피부병을 앓고 있었다. 털이 거의 전부 빠지고 반점과 거무스름한 딱지로 뒤덮인 꼴이 내가 보기에는 습진에 걸린 것 같았다. 단둘이 좁은 방에서 함께 지내다 보니 살라마노 영감도 결국 개와 닮아버린 것 같았다. 그의 얼굴에는 불그스름한 딱지가 앉았고 누런 털이 듬성듬성 나 있었다. 개는 구부정한 허리에 주둥이를 앞으로 내밀고 목을 쭉 뻗은 꼴이 주인을 닮아 있었다. 그들은 같은 족속 같으면서도 서로를 미워하고 있었다. 열한 시와 여섯 시, 하루에 두 번 노인은 개를 산책시켰다. 그리고 8년 동안 한결같이 같은 코스를 밟았다. 그들이 리용 가를 따라 걸어가는 모습을 볼 수 있었으며 개가 노인을 너무 세게 끌어당겨 노인이 넘어질 뻔하기도 한다. 그러면 노인은 개를 때리면서 욕지거리를 내뱉는다. 개는 무서워 벌벌 기며 끌려간다. 그럴 때면 노인이 개를 끌고 간다. 개가 잊어버리고 다시 주인을 끌고 가다가 다시 매를 맞고 욕설을 듣는다. 그러면 둘 다 보도에 멈춰서서 개는 공포에 질린 채, 주인은 화가 나서 서로를 바라본다. 매일 똑같은 일이 벌어진다. 개가 오줌이 마려워도 노인은 오줌 눌 시간을 주지 않고 잡아당기고, 스패니얼은 뒤에서 오줌을 찔끔찔끔 지리면서 끌려온다. 어쩌다 개가 방안에서 오줌을 누면 다시 매를 맞는다. 벌써 8년째 계속되고 있는 일이다. 셀레스트는 늘 "정말 불쌍해"라고 말했지만 사실인즉 아무도 그 영문을 모른다. 내가 계단에서 노인을 만났을 때 그는 개에게 욕설을 퍼붓는 중이었다. 그는 개에게 "빌어먹을 놈! 망할 자식!"이라고 욕을 하고 있었고 개는 부들부들 떨고 있었다. 내가 "안녕하세요"라고 인사했지만 노인은 여전히 욕을 멈추지 않았다. 나는 개가 무슨 짓을 했느냐고 그에게 물었다. 그는 대답하지 않았다. 그는 단지 "빌어먹을 놈! 망할 자식!"이라고만 했을 뿐이었다. 나는 그가 개에게 몸을 굽히고 목줄의 무언가를 손보고 있다는 것을 알 수 있었다. 나는 더 큰 소리로 물었다. 그러자 그는 뒤를 돌아보지도 않고 치미는 화를 꾹 참으려는 듯한 말투로 말했다. "이놈이 이렇게 안 가겠다고 버티고 있잖소!" 이어서 그는 네발로 버티면서 낑낑대는 개를 끌고 가버렸다.

바로 그 순간 같은 층에 사는 또 한 명의 이웃이 들어섰다. 동네에서는 그가 여자들에게 빌붙어 산다고들 했다. 하지만 그에게 직업을 물으면 그는 '창고 감독'이라고 했다. 대체로 사람들은 그를 별로 좋아하지 않았다. 하지만 그는 내게 자주 말을 걸었고 내가 그의 말에 귀를 기울여주었기에 이따금 내 집에 잠깐씩 들르곤 했다. 나는 그가 하는 말이 재미있었다. 게다가 그와 말을 나누지 않을 아무런 이유도 없었다. 그의 이름은 레몽 생테스이다. 그는 키가 꽤 작았고 떡 벌어진 어깨에 권투 선수 같은 코를 갖고 있다. 그는 언제나 말쑥한 차림이다. 그도 살라마노 영감 이야기를 하면서 "정말 불쌍해!"라고 말했다. 그는 내게 그 모습이 역겹지 않냐고 물었고 나는 그렇지 않다고 대답했다.

계단을 다 올라와서 헤어지려고 할 때 그가 내게 말했다.

"우리 집에 순대와 포도주가 있소. 같이 좀 들지 않겠소?"

그러면 요리를 하지 않아도 되리라는 생각에 나는 받아들였다. 그 역시 방 한 칸에서 지내고 있었고 창문 없는 부엌이 딸려 있었다. 그의 침대 위에는 흰색과 분홍색의 천사 석고상이 있었고 챔피언 사진들과 두세 장의 여자 나체 사진이 걸려 있었다. 방은 지저분했고 침대는 어질러져 있었다. 그는 먼저 석유램프에 불을 붙인 다음 주머니에서 붕대 비슷한 것을 꺼내어 오른손을 싸맸다. 나는 그에게 어찌 된 일이냐고 물었다. 그는 자신에게 시비를 거는 어느 놈과 싸움을 했다며 덧붙였다.

"뫼르소 씨도 알다시피 나는 나쁜 놈이 아니오. 단지 욱하는 성질이 있지요. 그놈이 말하더군요. '네가 사내라면 전차에서 내려라.' 내가 놈에게 '얌전히 있는 게 좋을걸'이라고 말했소. 그러자 놈이 내게 남자답지 못한 놈이라고 하는 거 아니겠소. 그래서 나는 전차에서 내려서 그에게 말했지. '자, 그만하시지. 그게 나을걸. 안 그러면 본때를 보여줄 테니.' 그러자 녀석이 '본때 좋아하네'라고 대꾸하더군요. 그래서 한 대 먹였지요. 놈은 나가자빠졌어요. 나는 놈을 일으켜주려 했지요. 그러자 놈이 자빠진 채 발길질을 해대는 겁니다. 그래서 무릎으로 한 번 찍어 누르고 주먹을 두 방 날려주었지요. 녀석 얼굴이 피투성이가 되었어요. 내가 놈에게 '이제 맛 좀 봤냐?'라고 물었더니 그렇다고 합디다."

생테스는 붕대를 감으면서 이야기했다. 나는 침대에 앉았다. 그가 내게 말했다.

"당신도 알다시피 내가 먼저 싸움을 건 게 아니오. 녀석이 내게 먼저 시비를 건 거지."

그건 사실이었고 나는 그것을 인정했다. 그러자 그는 바로 이 문제에 대해 내게 조언을 듣고 싶다고, 내가 사내답고 세상 물정을 잘 아니까 그에게 도움을 줄 수 있을 것이라고, 그러면 우리가 친한 친구가 될 것이라고 선언하듯 말했다. 내가 아무 말이 없자 그는 자신과 친한 친구가 되고 싶지 않냐고 다시 물었다. 내가 아무래도 상관없다고 대답하자 그는 흡족해하는 기색이었다. 그는 순대를 꺼내서 프라이팬에 굽고는 잔과 접시, 포크, 나이프 등과 함께 포도주 두 병을 식탁 위에 올려놓았다. 그러는 동안 그는 아무 말도 없었다. 이어서 우리는 식탁에 앉았다. 식사하면서 그는 자신의 사연을 이야기하기 시작했다. 처음에는 약간 망설이는 것 같았다.

"나는 한 여자와 알고 지냈소⋯⋯ 말하자면 내 정부(情婦)였소."

그와 싸웠던 남자는 그 여자의 오빠였다. 그는 자기가 그 여자의 생활비를 대주었다고 말했다. 나는 아무 말도 하지 않았다. 하지만 그는 곧바로 동네 사람들이 자기를 두고 뭐라고 하는지 알고 있다고, 그렇지만 자기는 양심에 거리낄 것이라곤 없는 창고 감독이라고 덧붙였다.

그가 이야기를 계속했다.

"내 이야기로 돌아갑시다. 나는 내가 속고 있었다는 걸 알게 된 겁니다."

그는 여자에게 생활비를 대주고 있었다는 것이다. 방세도 주었고 식비로 매일 20프랑씩 주었다는 것이었다.

"방세 300프랑, 식비 600프랑, 때때로 사준 스타킹 비용까지 합치면 천 프랑은 됩니다. 그런데 그놈의 마나님께서는 도통 일을 하지 않았어요. 그러면서 그 돈은 너무 빠듯하다, 내가 주는 돈으로는 지낼 수 없다고 투덜대는 겁니다. 그래서 내가 말했어요. '왜 반나절이라도 일을 하지 않는 거지? 그러면 자잘한 내 부담을 덜어줄 수 있을 텐데. 이달만 해도 옷 한 벌을 사줬잖아. 매일 20프랑씩 주고 방세도 물어주는데 당신은 오후에 친구들과 커피를 마셨지. 그들 커피와 설탕값을 당신이 내면서 말이야. 그 돈은 내게서 나오는 거야. 난 당신에게 잘해주는데 당신은 나를 힘들게만 해.' 하지만 그녀는 여전히 일은 하지 않은 채, 이렇게 지낼 수는 없다는 말만 늘 입에 달고 있는 겁니다. 그래서 나는 그녀가 나를 속이고 있다는 걸 눈치챈 겁니다."

이어서 그는 그녀의 핸드백에서 복권 한 장을 발견했고 그녀는 무슨 돈으로 그것을 샀는지 설명할 수 없었다고 말했다. 얼마 후 그는 그녀의 집에서 전당표 쪽지를 발견했는데 그걸 보니 팔찌 두 개를 전당 잡힌 것이 분명하다는 것이었다. 그때까지 그는 그 팔찌가 있는지조차 모르고 있었다는 것이었다.

"그녀가 나를 속이고 있었다는 게 분명해진 겁니다. 그래서 나는 그 여자와 관계를 끊었어요. 하지만 그 전에 우선 그녀를 때려주었소. 그리고 그녀에게 그녀의 속내를 까발려 주었소. 그녀가 원한 건 그저 그 짓 하는 재미뿐이었다는 걸 말이오. 나는 그녀에게 '너는 내가 네게 준 행복을 세상 사람들이 부러워한다는 것을 몰라. 나중에야 네가 얼마나 행복했는지 깨닫게 될 거야'라고 말해주었소. 뫼르소 선생, 당신은 이해할 거요."

그는 피가 날 정도로 그녀를 두들겨 팼다. 전에는 때린 적이 없었다는 것이었다.

"뭐, 좀 때리긴 했었지요. 하지만 말 그대로 살살 손만 봐준 겁니다. 약간 울긴 합디다. 그러면 나는 덧창을 닫았고 그걸로 그만이었어요. 하지만 이번에는 좀 심각해요. 게다가 제대로 벌을 준 것 같지도 않아요."

그는 바로 그 점에서 내 충고가 필요하다고 설명했다. 그는

제3장

49

검게 그을린 램프 심지를 손보느라 말을 멈추었다. 나는 계속 그의 말에 귀를 기울이고 있었다. 나는 거의 1리터 정도의 포도주를 마셨기에 관자놀이가 달아올랐다. 담배가 떨어져서 나는 레몽의 담배를 피웠다. 마지막 전차들이 지나가면서 이제 멀리서 들려오는 교외의 소음들을 함께 실어 갔다. 레몽이 이야기를 계속했다.

　난처한 것은 '자신에게 아직도 그녀와 섹스를 하고 싶다는 감정이 남아 있다.'는 사실이었다. 하지만 그는 그녀를 벌하고 싶었다. 그가 제일 먼저 생각한 것은 그녀를 호텔로 데려가 풍기 단속 경찰을 부른 후 그녀가 몸을 팔려 했다며 그녀를 매춘부 명부에 올리는 방법이었다. 이어서 그는 뒷골목 친구들과 이야기를 나누어보았지만 아무것도 건지지 못했다. 하긴 레몽이 내게 지적했듯이 뒷골목 친구들이 있다는 게 전혀 도움이 되지 않은 것은 아니었다. 그가 그 일에 대해 그들에게 이야기하자 그들은 그녀에게 '낙인을 찍어버리자'고 제안했다. 하지만 그건 그가 바라는 바가 아니었다. 그는 좀 더 곰곰이 생각해보려 했다. 그전에 그는 내게 뭔가 물어보고 싶어 했다. 하지만 묻기 전에 그는 우선 내가 이 이야기를 어떻게 생각하는지 알고 싶어 했다. 나는 그에게 아무런 생각도 없다고, 하지만 무척 흥미롭다고 대답했다. 그가 속고 있었다고 생각하냐고 묻기에 내가 보기에는 그런 것 같다고 나는 대답했다. 이어서 그녀를 벌 주어야겠냐, 만일 내가 그의 입장이었다면 어떻게 할 것이냐고 묻기에 그건 알 수 없지만 어쨌든 그가 그녀를 벌주려 하는 것은 이해한다고 말했다. 나는 포도주를 약간 더 마셨다. 그는 담뱃불을 붙이며 자기 생각을 밝혔다. 그는 그 여자에게 '발길로 차버리는 내용이면서 동시에 그녀가 후회할 만한 내용을 담은' 편지를 쓰고 싶었다. 편지를 받고 그녀가 돌아오면 그녀와 잠자리를 할 것이며 '막 끝나려는 순간' 그녀의 얼굴에 침을 뱉고 밖으로 내쫓겠다는 것이었다. 나는 실제로 그런 식으로 하면 그녀가 충분히 벌 받은 셈이 되리라고 생각했다. 그런데 자신은 그런 편지를 쓸 줄 모른다고, 그래서 그런 편지를 써줄 사람으로 나를 떠올린 것이라고 레몽이 내게 말했다. 내가 아무 말이 없자 그는 지금 바로 편지를 쓰는 게 귀찮냐고 물었고 나는 아니라고 대답했다.

그러자 그는 포도주를 한 잔 마신 후 자리에서 일어났다. 그는 접시들과 우리가 먹다 남긴 순대를 옆으로 밀어냈다. 그는 조심스럽게 식탁보를 닦았다. 그는 침대 옆 탁상 서랍에서 바둑판식으로 줄이 그어진 종이 한 장과 노란 봉투, 붉은색의 작은 나무 펜대, 보라색 잉크가 담긴 네모난 잉크병을 꺼냈다. 그가 여자의 이름을 말해주자 나는 그녀가 무어 여자라는 것을 알 수 있었다. 나는 편지를 썼다. 되는대로 쓰기는 했지만 그래도 레몽의 마음에 들도록 애썼다. 그의 마음에 들지 않게 쓸 이유가 없었기 때문이었다. 그런 후 나는 편지를 큰 소리로 읽었다. 그는 담배를 입에 문 채 고개를 끄덕이며 내가 읽는 것을 듣더니 다시 한번 읽어달라고 요구했다. 그는 매우 흡족해했다. 그가 내게 말했다.

"난 자네가 세상 물정에 밝다는 걸 알고 있었어."

나는 처음에는 그가 반말한다는 것을 알아차리지 못했다. 그가 "자, 이제 자네는 나의 진정한 친구야"라고 말했을 때야 그 사실을 알아차릴 수 있었다. 그가 그 말을 그대로 되풀이했고 나는 "그래"라고 말했다. 그의 친구가 되건 아니건 내게는 별 상관이 없었지만 그는 정말로 내 친구가 되고 싶어 하는 것 같았다. 그가 편지를 봉했고 우리는 나머지 포도주를 마셨다. 그런 후 우리는 잠시 아무 말 없이 담배만 피웠다. 밖은 쥐 죽은 듯 조용했으며 미끄러지듯 지나가는 자동차 소리가 들렸다.

"너무 늦었어." 내가 말했다. 레몽도 같은 생각이었다. 그는 시간이 빨리 간다고 말했고 어떤 의미에서는 그건 사실이었다.

나는 졸렸지만 몸을 일으키기 힘들었다. 레몽이 내게 너무 상심하지 말라고 말한 것으로 보아 내가 피곤해 보였던 것 같다. 나는 처음에는 무슨 말인지 알아듣지 못했다. 그러자 그가 나의 엄마가 돌아가신 것을 알고 있었다고, 하지만 언제고 닥칠 수밖에 없는 일이라고 말했다. 내 생각도 그의 생각과 같았다.

나는 일어섰고 레몽이 내 손을 힘차게 움켜쥐며 사나이끼리는 서로 통하는 법이라고 말했다. 그의 집을 나서자 나는 문을 닫았고 잠시 어두운 층계참에 서 있었다. 집안은 조용했고 계단 아래로부터 으슥하고 습한 바람이 올라왔다. 귓전에서 웅웅거리는 내 맥박 소리만 들려올 뿐이었다. 하지만 살라마노 영감의 방에서 개가 들릴락 말락 끙끙거리고 있었다.

제4장

　나는 일주일 내내 일을 많이 했다. 레몽이 찾아와서 편지를 부쳤다고 했다. 나는 에마뉘엘과 두 번 영화관에 갔다. 그는 늘 스크린에서 무슨 일이 벌어지는지 제대로 이해하지 못했다. 그래서 그에게 설명을 해주어야만 했다. 어제는 토요일이었고 약속했던 대로 마리가 왔다. 빨간색과 흰색 줄무늬가 있는 아름다운 원피스를 입고 가죽 샌들을 신고 있는 그녀의 모습을 보니 강한 정욕이 느껴졌다. 탄력 있는 젖가슴이 드러나 보였고 햇볕에 그을린 갈색 얼굴이 꽃처럼 아름다웠다. 우리는 버스를 타고 알제로부터 몇 킬로미터 떨어져 있는 해변으로 갔다. 바위들에 둘러싸여 있고 육지 쪽으로는 갈대가 우거진 해변이었다. 오후 네 시의 태양은 별로 뜨겁지 않았지만 바닷물은 미지근했고 길게 퍼진 나른한 잔물결이 일고 있었다. 마리가 내게 놀이를 하나 가르쳐주었다. 헤엄치면서 파도 꼭대기에서 물을 들이마셔 입안에 가득 거품을 채운 다음 반듯이 누워서 그것을 하늘을 향해 내뿜는 놀이였다. 그러면 거품으로 된 레이스가 공중으로 흩어져 사라지거나 미지근한 비처럼 얼굴로 다시 떨어졌다. 하지만 얼마 지나지 않아 짠 소금기로 입안이 얼얼했다. 그때 마리가 내게 다가와 물속에서 내게 몸을 밀착했다. 그녀가 입술을 내 입술로 갖다 댔다. 그녀의 혀가 내 입술을 시원하게 해주었고 우리는 한동안 파도 속에서 뒹굴었다.

우리가 해변으로 올라와 다시 옷을 입었을 때 마리가 반짝이는 눈으로 나를 바라보았다. 나는 그녀에게 키스했다. 그 순간부터 우리는 더 이상 말을 하지 않았다. 나는 그녀를 꼭 껴안았고, 서둘러 버스를 타고 돌아와서 내 집으로 갔으며 침대에 몸을 던졌다. 나는 창문을 열어두었고 여름밤이 우리의 갈색 몸뚱이 위로 흐르는 느낌이 좋았다.

오늘 아침 마리가 내 집에 머물러 있어서 나는 그녀에게 함께 점심을 들자고 말했다. 나는 고기를 사려고 내려갔다. 다시 올라오는데 레몽의 방에서 여자 목소리가 들렸다. 잠시 후 마리와 내게 살라마노 영감이 개를 야단치는 소리가 들렸고 이어서 신발 끄는 소리, 나무 계단을 발톱으로 긁는 소리가 들렸으며 "빌어먹을 놈! 망할 자식!"이라는 고함이 들리더니 영감과 개는 거리로 나갔다. 나는 마리에게 노인 이야기를 해주었고 마리는 웃었다. 그녀는 내 파자마의 소매를 걷어 올려 입고 있었다. 그녀가 웃자 나는 다시 욕정을 느꼈다. 잠시 후 그녀가 자기를 사랑하느냐고 물었다. 나는 그런 건 아무 의미도 없지만 사랑하지 않는 것 같다고 대답했다. 그녀는 슬픈 표정을 지었다. 하지만 점심을 준비하면서 그녀가 아무 이유도 없이 다시 웃기에 나는 그녀에게 입을 맞추었다. 바로 그 순간 레몽의 방에서 말다툼 소리가 터져 나왔다.

처음에는 여자의 날카로운 목소리가 들렸고 이어서 레몽의 말이 들렸다.

"네년이 나를 속였어. 나를 속였다고. 나를 속였으니 맛을 보여주지." 둔탁한 소리가 들리더니 여자가 울부짖었다. 얼마나 끔찍하게 울부짖었는지 곧바로 층계참에 사람들이 가득 몰려들었다. 마리와 나도 밖으로 나갔다. 여자는 계속 울부짖고 있었고 레몽은 여전히 그녀를 때렸다. 마리는 내게 끔찍하다고 말했고 나는 아무 대답도 하지 않았다. 그녀가 내게 경찰을 부르라고 말했지만 나는 경찰을 좋아하지 않는다고 그녀에게 말했다. 하지만 경찰이 3층에 세 들어있는 배관공과 함께 도착했다. 그가 문을 두드리자 더 이상 아무 소리도 들리지 않았다. 그가 더 세게 문을 두드리자 얼마 후 여자가 울음을 터뜨렸고 레몽이 문을 열었다. 그는 입에 담배를 물고 있었고 짐짓 부드러운 표정을 짓고 있었다. 여자가 문을 향해 뛰쳐나오더니 경찰에게 레몽이 자신을 때렸다고 고발했다.

"이름이 뭐야?" 경찰이 말했고 레몽이 대답했다.

"입에서 담배 빼내고 말해." 경찰이 말했다. 레몽이 망설이다가 나를 바라보더니 담배를 한 모금 빨았다. 그 순간 경찰이 레몽의 뺨 한복판에 묵직한 따귀를 호되게 날렸다. 담배가 몇 미터 떨어진 곳으로 날아갔다. 레몽의 안색이 변했지만 그 순간에는 아무 말도 하지 않았다. 이어서 그는 공손한 목소리로 담배꽁초를 주워도 되겠냐고 물었다. 경찰은 그래도 된다고 말하고는 덧붙였다.

"하지만 다음부터는 경찰이 어릿광대가 아니란 걸 알아 둬."

그사이 여자는 계속 울면서 "저 사람이 나를 때렸어요. 저 사람은 뚜쟁이예요"라고 말했다.

그러자 레몽이 경찰에게 물었다.

"경관 나리, 멀쩡한 사내에게 뚜쟁이라고 말해도 된다고 법

제4장

57

에 나와 있습니까?"

그러나 경찰은 그에게 "아가리 닥쳐"라고 호통을 쳤다. 그러자 레몽은 여자를 향해 몸을 돌리며 말했다.

"기다려, 이것아. 다시 만나게 될 테니."

경찰은 레몽에게 닥치라고 한 뒤 여자에게는 가보라고 했고 그에게 경찰서에서 소환할 때까지 집에 있으라고 했다. 그는 레몽에게 그렇게 몸이 떨릴 정도로 술에 취하다니 부끄러운 줄 알라고 덧붙였다. 그러자 레몽이 경찰에게 설명했다.

"경관 나리, 저는 취하지 않았습니다. 그저 이렇게 나리 앞에 있으니 떨고 있는 겁니다요. 어쩔 도리가 없지요."

그가 문을 닫았고 사람들은 모두 가버렸다. 마리와 나는 점심 식사를 준비했다. 하지만 그녀는 배가 고프지 않다고 해서 내가 거의 다 먹었다. 1시에 그녀는 떠났고 나는 얼마간 잠을 잤다.

세 시쯤 누군가 내 집 문을 두드렸고 레몽이 들어왔다. 나는 누워있었다. 레몽이 침대 가에 걸터앉았다. 그는 한동안 말이 없었다. 내가 그에게 어떻게 된 일이냐고 물었다. 그는 원하던 대로 했다고, 그런데 여자가 따귀를 때리기에 그 여자를 두들겨 팼다고 말했다. 나머지는 내가 본 그대로였다. 나는 그에게,

그녀는 충분히 벌을 받은 것 같다고, 그러니 그도 만족스럽게 생각해야 한다고 말했다. 그도 같은 생각이라고 말하더니 경찰이 무슨 짓을 해도 소용이 없을 것이라고, 그녀가 얻어맞은 사실을 바꿔 놓을 수는 없을 것이라고 말했다. 이어서 그는 자신이 경찰을 잘 알며, 그들을 어떻게 상대해야 하는지도 잘 알고 있다고 말했다. 이어서 그는 경찰이 자신의 따귀를 때렸을 때 응수하기를 내가 기대하고 있었느냐고 물었다. 나는 아무것도 기대하지 않았다고, 게다가 나는 경찰을 좋아하지 않는다고 대답했다. 레몽은 아주 흡족한 표정이었다. 그가 함께 외출하지 않겠느냐고 물었다. 나는 자리에서 일어나 머리를 빗기 시작했다. 그는 내가 증인이 돼줘야 한다고 말했다. 내게는 별 상관없는 일이지만 무슨 말을 해야 할지는 알 수 없었다. 레몽의 말에 의하면 그 여자가 자신을 속였다고 진술하기만 하면 된다는 것이었다. 나는 그에게 증인이 되겠다고 수락했다.

우리는 외출했고 레몽이 고급 브랜디를 한 잔 샀다. 그가 당구를 치고 싶어 했고 나는 아슬아슬하게 졌다. 이어서 그는 사창가에 가고 싶어 했으나 나는 그런 걸 좋아하지 않는다며 거절했다. 우리는 천천히 집으로 돌아왔고, 레몽은 계집을 혼내줄 수 있어서 얼마나 기분이 좋은지 모르겠다고 말했다. 나는 그가 내게 매우 친절하다고 생각했고 즐거운 한때를 보내고 있다고 생각했다.

멀리서부터 살라마노 영감이 출입구 문턱에서 안절부절못하고 있는 모습을 알아볼 수 있었다. 우리가 가까이 다가가 보니 개가 없다는 것을 알 수 있었다. 그는 이리저리 사방을 둘러보았고 제자리에 서서 몸을 돌리며 컴컴한 복도를 뚫어져라 들여다보기도 하고 두서없는 말을 중얼거리다가 붉게 충혈된 작은 눈으로 다시 거리를 뒤지기도 했다. 레몽이 무슨 일이냐고 물었어도 그는 즉각 대답하지 않았다. 그가 "빌어먹을 놈! 망할 자식!"이라고 중얼거리는 소리가 어렴풋이 들렸고 그는 계속 안절부절못했다. 내가 그에게 개가 어디 있느냐고 물었다. 그는 불쑥, 놈이 가버렸다고 대답했다. 그러더니 갑자기 수다스럽게 늘어놓기 시작했다.

"평소처럼 연병장으로 데리고 갔었소. 노점 근처에 사람이 많았어요. 나는 '탈주왕(脫走王) 공연' 간판을 보느라 잠시 멈춰서 있었소. 다시 떠나려고 보니 그놈이 없는 거요. 물론 놈에게 좀 덜 큰 목줄을 사줘야겠다고 생각하고 있었소. 하지만 그놈이 그런 식으로 가버리라고는 꿈에도 생각 못 했소."

그러자 레몽이 그에게 개가 길을 잃을 수도 있으며 다시 돌아올 것이라고 말했다. 그는 주인을 찾아 수십 킬로미터를 걸어온 개들을 예로 들어주었다. 그렇지만 영감은 더 불안해하는 것 같았다.

"하지만 아시다시피 그들이 그놈을 내게서 빼앗아 갈 거요. 누군가 거둬서 키워준다면 좋겠지. 하지만 그건 불가능해요. 그런 부스럼투성이를 좋아할 사람이 어디 있겠소? 경찰들이 잡아간 거야. 틀림없어."

나는 그에게 그렇다면 동물 보호소로 가봐야 할 거라고, 얼마쯤 보관료를 내면 개를 돌려받을 수 있을 거라고 말해주었다. 그는 내게 보관료가 비싸냐고 물었다. 나는 알지 못했다. 그러자 그가 화를 내기 시작했다.

"아니, 그 못된 놈을 위해 돈을 내라고! 에이! 차라리 죽어버리라지!"

이어서 그는 다시 욕설을 퍼붓기 시작했다.

레몽은 웃으며 집 안으로 들어갔다. 나도 그를 뒤따랐고 우리는 이 층 층계참에서 헤어졌다. 잠시 뒤 노인의 발소리가 들리더니 그가 문을 두드렸다. 내가 문을 열어주자 잠시 문간에 서서 내게 말했다.

"미안해요. 미안해."

나는 그에게 안으로 들어오라고 말했지만 그는 사양했다. 그는 자신의 신발 끝만 바라보고 있었다. 그의 짧은 손이 떨리고 있었다. 그가 나를 쳐다보지도 않고 말했다.

"뢰르소 씨, 그들이 내게서 놈을 빼앗아 가지는 않겠지요? 내게 돌려주겠지요? 그러지 않으면 나는 어떻게 하라고."

나는 그에게 동물 보호소에서는 주인이 나타날 때까지 사흘 동안 개를 데리고 있다가 좋을 대로 적당히 처분한다고 말했다. 그는 말없이 나를 바라보았다. 그러더니 그가 "좋은 저녁 되시오"라고 말했다. 그가 문을 닫았고 그가 방안을 서성이는 소리가 들렸다. 그의 침대가 삐걱거렸다. 그리고 벽 너머로 들려오는 야릇한 낮은 소리를 듣고 나는 그가 울고 있음을 알았다. 나는 내게 왜 엄마 생각이 떠올랐는지 모르겠다. 하지만 이튿날 아침 일찍 일어나야만 했다. 배가 고프지 않아 나는 저녁도 들지 않고 잠자리에 들었다.

제5장

레몽이 내 사무실로 전화했다. 그의 친구 한 명이(그는 그 친구에게 내 이야기를 했다고 했다.) 알제 근처의 작은 별장에서 일요일 하루를 함께 보내자며 나를 초대했다는 것이었다. 나는 그러고 싶지만 여자 친구와 약속이 되어 있다고 대답했다. 그러자 레몽이 그녀도 초대한다고 즉시 말했다. 그 친구의 부인이 온통 남자들 사이에 홀로 있게 되지 않을 테니 좋아하리라는 것이었다.

나는 전화를 빨리 끊으려 했다. 사장이 시내에서 걸려 오는 전화를 별로 좋아하지 않는다는 것을 알고 있었기 때문이었다. 하지만 레몽은 내게 전화를 끊지 말고 기다리라더니 저녁에 전화해도 되었을 것이지만 내게 다른 것을 전할 게 있어서 지금 전화한 것이라고 말했다. 그는 하루 내내 몇 명의 아랍인에게 미행을 당했다며 그들 중에는 전 정부의 오빠도 있다고 했다. 그는 오늘 저녁 퇴근하면서 집 근처에서 그를 보면 알려달라고 말했고 나는 알았다고 대답했다.

　잠시 뒤 사장이 나를 불렀다. 내게 전화질 좀 덜 하고 일을 좀 더 열심히 하라는 이야기려니 짐작하고 순간적으로 짜증이 났다. 하지만 전혀 그런 게 아니었다. 그는 내게 아직은 막연한 그 어떤 계획에 대해 할 말이 있다고 했다. 그는 그 문제에 관해 내 의견을 듣고 싶었을 뿐이었다. 그는 파리에 출장소를 개설해서 현지에서 직접 큰 회사들과 거래를 트려고 계획 중이라며 내가 그곳으로 갈 마음이 있는지 물었다. 내가 파리에 살 수도 있게 될 것이고 일 년 중 얼마 동안 여행을 할 수도 있으리라는 것이었다.

　"당신은 젊어. 그리고 그런 생활이 마음에 들 것 같은데."

　나는 그렇기는 하지만 이러나저러나 내게는 마찬가지라고 대답했다. 그러자 그는 삶에 변화를 주는 데 관심이 없느냐고 물었다. 나는, 결코 삶에 변화를 줄 수는 없는 법이며 어쨌든 모든 삶이 다 나름대로 가치가 있다고, 지금 이곳에서의 삶에 조금도 불만이 없다고 말했다. 사장은 언짢은 기색을 띠며 내가 언제나 빗나간 대답만 한다고, 내가 야심이 없는 게 사업에는 치명적 약점이라고 말했다. 그런 후 나는 다시 자리로 돌아와서 일했다. 사장의 기분을 상하게 하지 않는 게 좋았겠지만 내 삶에 변화를 줄 이유를 찾을 수 없었다. 곰곰이 생각해 봐도 나는 불행하지 않았다. 학생이었을 때는 그런 종류의 야심이 많았다. 하지만 학업을 포기해야만 했을 때 그런 것들은 실제로는 하나도 중요하지 않다는 것을 깨달았다.

저녁에 마리가 나를 만나러 와서 자기와 결혼하고 싶냐고 물었다. 나는 하건 안 하건 상관없다며 그녀가 원한다면 결혼할 수 있다고 말했다. 그러자 그녀는 내가 그녀를 사랑하는지 알고 싶어 했다. 나는 이미 한번 말한 것처럼, 그런 건 아무 의미도 없다고, 하지만 분명히 그녀를 사랑하지 않는 것 같다고 대답했다.

"그렇다면 왜 나랑 결혼하겠다는 거예요?" 그녀가 말했다.

나는 그녀에게 그런 건 별로 중요하지 않다, 하지만 그녀가 원한다면 결혼할 수 있다고 말했다. 게다가 그녀가 먼저 그걸 물었고 나는 좋다고 대답했을 뿐이었다. 그러자 그녀는 결혼은 중요한 일이라고 지적했다. 나는 "그렇지 않아"라고 대답했다. 그녀는 한순간 입을 다물었고 조용히 나를 바라보았다. 이윽고 그녀가 입을 열었다. 다만 그녀는 비슷한 식으로 맺어진 다른 여자로부터 같은 제안을 받더라도 내가 그것을 받아들일지 알고 싶을 뿐이라고 말했다. 나는 "물론이지"라고 대답했다. 그러자 그녀는 자기가 나를 사랑하는지 의아해했고 나로서는 그 점에 대해서는 아무것도 알 수 없었다. 그녀는 얼마간 더 묵묵히 있다가 내가 참 이상한 사람이라고, 나를 좋아하는 것은 분명 그 때문이지만 언젠가는 똑같은 이유로 나를 싫어하게 될지도 모른다고 중얼거렸다. 내가 더 할 말이 없어 잠자코 있자 그녀는 웃으면서 내 팔을 잡더니 나와 결혼하고 싶다고 선언하듯 말했다. 나는 그녀가 원하면 그 즉시 결혼하자고 대답했다. 이어서 나는 사장의 제안에 대해 그녀에게 말했고 그녀는 파리에 대해 알고 싶다고 말했다. 나는 그녀에게 내가 한동안 파리에서 살아본 적이 있다고 말했고 그녀는 내게 파리가 어떠냐고 물었다. 나는 그녀에게 말했다.

"더러워. 비둘기들이 있고 어두컴컴한 안뜰들이 있어. 사람들의 피부는 하얘."

이어서 우리는 대로를 따라 시내를 가로질러 걸었다. 여자들이 아름다웠고 나는 마리에게 그녀도 그렇게 생각하지 않느냐고 물었다. 그녀는 그렇다고, 내 마음을 이해한다고 말했다. 잠깐 우리는 말이 없었다. 하지만 나는 그녀가 내 집에 머물렀으면 싶었고, 나는 그녀에게 셀레스트네 식당에서 함께 저녁을 들면 어떻겠냐고 물었다. 그녀는 정말 그러고 싶지만 할 일이 있다고 했다. 내 집 가까이 오자 나는 그녀에게 잘 가라고 말했다. 그녀가 나를 바라보며 말했다.

"내게 무슨 볼일이 있는지 궁금하지 않아?"

나는 알고 싶었지만 미처 그 생각을 못 했던 것이었고 마리는 바로 그 점을 비난하는 것 같았다. 그녀는 어색해하는 내 표정을 보고 다시 웃더니 몸 전체를 나를 향해 기울이며 입술을 내밀었다.

나는 셀레스트네 식당에서 저녁을 들었다. 내가 막 먹기 시작할 때쯤 키 작은 이상한 여자가 들어오더니 내 식탁에 함께 앉아도 되겠냐고 물었다. 물론 그래도 된다고 나는 대답했다. 그녀의 동작은 탁탁 끊어지는 듯했고 사과처럼 작은 얼굴에 두 눈이 빛나고 있었다. 그녀는 재킷을 벗고 자리에 앉더니 열심히 메뉴판을 살펴보았다. 그녀는 셀레스트를 부르더니 정확하고도 빠른 목소리로 모든 요리를 즉시 주문했다. 전채요리를 기다리는 동안 그녀는 핸드백을 열고 네모난 작은 종이와 연필을 꺼내어 미리 계산을 해보더니 팁이 포함된 정확한 금액을 작은 호주머니에서 꺼내어 자기 앞에 놓았다. 그 순간 전채

요리가 나왔고 그녀는 눈 깜짝할 사이에 먹어치웠다. 다음 요리를 기다리면서 그녀는 다시 핸드백에서 파란 연필과 주간 라디오 프로그램이 실린 잡지를 꺼냈다. 그녀는 모든 프로그램을 공들여 하나하나씩 표시하기 시작했다. 잡지가 십여 쪽이나 되었기에 그녀는 식사 내내 꼼꼼하게 그 작업을 계속했다. 내가 이미 식사를 끝냈지만 그녀는 여전히 꼼꼼하게 표시를 하고 있었다. 잠시 후 그녀는 자리에서 일어나더니 자동인형 같은 정확한 몸짓으로 재킷을 걸치고는 그곳을 떠났다. 별 할 일이 없었기에 나도 밖으로 나가 한동안 그녀의 뒤를 따랐다. 그녀는 보도 가장자리를 따라 단 한 번도 비켜서거나 뒤를 돌아보지도 않은 채 믿을 수 없을 만큼 빠르고 단호하게 제 갈 길을 갔다. 나는 결국 그녀를 시야에서 놓치고 되돌아왔다. 이상한 여자라는 생각이 들었지만 얼마 안 가서 그녀를 잊어버렸다.

내 방 문간에서 나는 살라마노 영감을 만났다. 나는 그에게 방으로 들어오라고 했고 그는 내게 동물 보호소에도 없는 것으로 봐서 개를 잃어버린 것 같다고 내게 알려주었다. 그곳 직원들이 그에게 아마 차에 치였을 것이라고 말했다는 것이었다. 영감은 혹시 경찰서에 가면 그런 걸 알아볼 수 있느냐고 물었단다. 그러자 그들은 그런 자잘한 일은 매일 일어나기에 기록을 남기지 않는다고 대답했다. 나는 살라마노 영감에게 다른 개를 구하면 되지 않느냐고 말했고 영감은 그 개와 정이 들었음을 내게 상기시켰다. 올바른 지적이었다.

나는 침대 위에 웅크리고 앉아 있었고 살라마노는 탁자 앞 의자에 앉아 있었다. 그는 두 손을 무릎 위에 얹은 채 나를 마주 보고 있었다. 그는 낡은 펠트 모자를 쓰고 있었다. 그는 누런 수염 밑으로 우물우물 말을 씹어 삼키듯 하고 있었다. 그가 좀 귀찮았지만 별로 할 일도 없었고 졸리지도 않았다. 무언가 말을 해야 했기에 나는 그에게 개에 대해 물었다. 그는 아내가 죽은 뒤부터 그 개를 곁에 두었다고 말했다. 그는 꽤 늦은 나이에 결혼했다. 젊었을 때 그는 연극을 하고 싶었다. 군대에 있었을 때는 군대 보드빌 극단에서 연기를 하기도 했다. 하지만 결국 철도국에 들어갔고 그걸 후회하지는 않는다고 했다. 지금, 적으나마 연금을 받을 수 있기 때문이었다. 아내와 그다지 행복한 편은 아니었지만 그는 대체로 그녀에게 익숙해져 있었다. 아내가 죽자 그는 무척 외로움을 느꼈다. 그래서 그는 작업장 동료에게 개를 한 마리 부탁했고 아주 어린 그놈을 갖게 되었다. 처음에는 우유를 먹여 길러야 했다. 하지만 개의 수명은 짧았기에 둘은 함께 늙어갔다. 살라마노가 말했다.

"성질이 못된 놈이었다오. 가끔 티격태격했지. 그래도 좋은 개였어."

내가 혈통이 좋은 개였다고 말하자 살라마노는 흡족해하는 것 같았다. 그가 덧붙였다.

"그런데 그놈이 병들기 이전의 모습은 본 적이 없지요? 정말 아름다운 털을 갖고 있었지."

개가 피부병에 걸린 이래로 매일 아침저녁 살라마노는 연고를 발라주었다. 하지만 그의 말에 따르면 진짜 병은 늙는 것이고 늙는 것은 치료가 불가능했다.

그 순간 내가 하품을 했고 노인은 이제 그만 가봐야겠다고 말했다. 나는 그에게 더 있어도 된다고, 개에게 일어난 일이 걱정이라고 말했다. 그가 내게 고맙다고 했다. 그는 엄마가 그의 개를 무척 좋아했다고 말했다. 그는 엄마 이야기를 하면서 엄마를 '당신의 불쌍한 어머니'라고 불렀다. 그는 엄마가 돌아가신 이래 내가 무척 불행할 것이라고 지레짐작의 말을 꺼냈지만 나는 대답하지 않았다. 그러자 그는 조금 어색한 표정을 지으며 내가 어머니를 양로원에 보낸 일로 동네 사람들이 나를 좋지 않게 생각하고 있다는 것을 알고 있다고, 하지만 그는 나를 잘 알고 있고, 내가 어머니를 무척 사랑했다는 것을 알고 있다고 빠르게 말했다. 나는 그에게 사람들이 그 점에 대해 좋지 않게 생각하고 있다는 사실을 그때까지 몰랐다고,—나는 지금까지도 왜 그 사실을 몰랐는지 이유를 모른다—내게 어머니를 부양할만한 돈이 부족했으니 양로원에 보내드리는 것을 당연하게 여겼다고 말했다. 이어서 나는 덧붙였다.

"게다가 어머니는 오래전부터 내게 말 한마디 없으셨고 혼자서 적적해하셨어요."

"맞아요." 그가 말했다. "양로원에서는 최소한 친구라도 사귈 수 있지요."

이어서 그는 실례하겠다고 말했다. 그는 자러 가고 싶어 했다. 이제 그의 삶은 바뀌었고 앞으로 어떻게 해야 할지 그는 별로 아는 게 없었다. 그와 알게 된 이래 처음으로 그가 슬그머니 내게 손을 내밀었고 나는 그의 피부가 껍질 같다고 느꼈다. 그가 어렴풋이 미소를 지으며 떠나기 전에 내게 말했다.

"오늘 밤에 개들이 짖지 않았으면 좋으련만. 내 개 같다는 생각이 든단 말이오."

제5장

71

제6장

일요일, 잠에서 깨어나기 힘들었고 마리가 내 이름을 부르며 흔들어야 했다. 우리는 한시라도 빨리 해수욕을 하고 싶어서 아침도 먹지 않았다. 나는 완전히 텅 빈 느낌이었고 머리가 조금 아팠다. 담배 맛도 썼다. 마리는 내가 '초상 치르는 듯한 얼굴' 모습이라며 나를 놀렸다. 그녀는 흰색 면 원피스를 입고 머리를 풀어 늘어뜨리고 있었다. 내가 그녀에게 예쁘다고 말하자 그녀가 기뻐했다.

내려가면서 우리는 레몽의 방문을 두드렸다. 그가 곧 내려오겠다고 대답했다. 거리로 나서자 피곤한 데다 집의 덧창을 열지 않고 있었던 탓에, 이미 햇볕이 가득한 한낮이 마치 내 따귀를 때리는 것 같았다. 마리는 즐겁게 폴짝폴짝 뛰면서 계속 날

씨가 너무 좋다고 되풀이했다. 나는 기분이 한결 좋아졌고 배가 고프다는 것을 깨달았다. 마리에게 그 말을 하자 그녀는 우리가 입을 두 벌의 수영복과 수건이 들어있는 방수 가방을 열어 보여주었다. 참고 기다리는 수밖에 없었다. 이윽고 레몽이 자기 방문을 닫는 소리가 들렸다. 그는 파란색 바지에 반소매 셔츠를 입고 있었다. 그런데 그는 밀짚모자를 쓰고 있었고 그것을 보고 마리가 웃음을 터뜨렸다. 검은 털로 뒤덮인 그의 팔뚝은 아주 하얬다. 나는 약간 역겨웠다. 그는 내려오면서 휘파람을 불었는데 아주 흡족한 표정이었다. 그가 내게 "안녕, 친구"라고 말했고 마리를 '마드무아젤'이라고 불렀다.

어제 우리는 경찰서에 갔었고 나는 여자가 레몽을 속였다고 진술했다. 레몽은 경고만 받고 방면되었다. 아무도 내 증언을 확인하려 하지 않았다. 정문 앞에서 우리는 레몽과 이야기를 나눈 후 버스를 타고 가기로 결정했다. 해변은 별로 멀지 않았지만 그래야 더 빨리 갈 수 있어서였다. 레몽은 우리가 일찍 도착한 것을 보면 그의 친구가 기뻐하리라고 생각했다. 우리가 그곳을 떠나려 할 때 갑자기 레몽이 나에게 맞은편을 보라는 신호를 보냈다. 한 무리의 아랍인들이 담배 가게 진열창에 등을 기대고 서 있는 모습이 보였다. 그들은 우리를 말없이 바라보고 있었는데, 마치 우리가 돌이나 고목에 불과할 뿐이라는 투였다. 레몽이 내게 왼쪽으로부터 두 번째 놈이 바로 그놈이라고 말했는데 적잖이 걱정스러운 눈치였다. 하지만 그는 이제 다 끝난 일이라고 덧붙였다. 영문을 모르던 마리는 무슨 일이 있었느냐고 우리에게 물었다. 나는 그녀에게 저 아랍인들이 레몽에게 앙심을 품고 있다고 말했다. 그녀는 곧바로 떠나고 싶어 했다. 레몽은 가슴을 활짝 펴더니 서둘러야겠다고 웃으면서 말했다.

우리는 약간 멀리 떨어져 있는 버스 정류장으로 갔고 레몽은 아랍인들이 따라오지 않는다고 내게 알려주었다. 나는 고개를 돌려보았다. 그들은 여전히 그 자리에 서서 우리가 떠난 곳을 무심코 바라보고 있었다. 우리는 버스에 올라탔다. 레몽은 완전히 안심이 되었는지 쉬지 않고 마리에게 농담을 했다. 그녀가 그의 마음에 들었다고 나는 느꼈지만 그녀는 거의 응대를 하지 않았다. 가끔 웃으면서 그를 바라볼 뿐이었다.

우리는 알제 교외에서 내렸다. 바닷가는 버스 정류장에서 멀지 않았다. 하지만 바다를 굽어보면서 해변까지 곧게 뻗은 작은 언덕 하나를 지나야 했다. 이미 짙게 푸르러진 하늘을 배경으로 노란 돌들과 새하얀 수선화들이 언덕을 뒤덮고 있었다.

마리는 장난스럽게 방수 가방을 크게 휘둘러 수선화 꽃잎들을 떨어뜨렸다. 우리는 초록색, 혹은 흰색 울타리가 쳐진 작은 별장들 사이로 걸어갔다. 어떤 별장들은 베란다까지 타마리스크 나무들에 파묻혀 있었고 어떤 별장들은 바위들 한가운데 덩그러니 드러나 있었다. 언덕 끝에 이르기 전에 벌써 고요한 바다가 나타났고 저 멀리 맑은 물속에서 졸고 있는 듯이 육중한 곶이 보였다. 가벼운 모터 소리가 대기를 지나 우리에게까지 들려왔다. 아주 멀리 작은 트롤망 어선 한 척이 반짝이는 바다 위에서 알아볼 듯 말 듯 앞으로 나아가고 있었다. 마리는 창포꽃 몇 송이를 꺾었다. 바다를 향해 내려가는 경사면에서 벌써 몇몇 사람이 수영하고 있는 모습이 보였다.

레몽의 친구는 해변 끝에 세워진 작은 목조 별장에 살고 있었다. 집은 바위를 등지고 있었고 집을 지탱하고 있는 기둥들은 이미 물속에 잠겨 있었다. 레몽이 우리를 소개했다. 그의 친구 이름은 마송이었다. 키 크고 어깨도 넓은 건장한 사내였으며 파리 억양의 작고 통통하며 상냥한 아내와 함께 있었다. 그는 곧바로 우리에게 편히 지내라고 말한 후 바로 오늘 아침 낚은 생선튀김이 있다고 말했다. 나는 그에게 집이 정말 예쁘다고 말했다. 그는 토요일과 일요일, 그리고 휴가 때면 이곳에 와서 지낸다고 말했다.

"제 아내는 누구와도 잘 지냅니다"라고 그가 덧붙였다. 과연 그의 아내는 마리와 함께 웃고 있었다. 아마 그때 처음으로 나는 마리와 결혼하겠다고 정말로 생각했던 것 같다.

마송은 헤엄치러 가고 싶어 했으나 그의 아내와 레몽은 마음 내켜 하지 않았다. 우리 셋은 바닷가로 내려갔고 마리는 즉시 바다로 뛰어들었다. 마송과 나는 잠시 기다렸다. 그는 매우 느리게 말했으며 말끝마다 실제로는 의미상 아무런 덧붙일 말이 없을 때도 '그뿐 아니라'라고 덧붙이는 버릇이 있다는 것을 알아차렸다. 마리에 대해 그는 "멋집니다. 그뿐 아니라 매력적입니다"라고 말했다. 이후 나는 그의 말버릇에 더 이상 주의를 기울이지 않았다. 나를 기분 좋게 만드는 햇볕을 맛보느라 정신이 팔려있었기 때문이었다. 발밑의 모래가 점점 더 뜨거워졌다. 나는 물에 들어가고 싶은 욕망을 참고 있다가 마송에게 "들어갈까요?"라고 말했다. 나는 물속으로 뛰어들었다. 그도 천천히 물속으로 들어가더니 발이 땅에 닿지 않게 되어서야 자신의 몸을 던졌다. 그는 개구리헤엄을 쳤으며 아주 서툴렀기에 나는 그를 내버려 두고 마리에게 헤엄쳐 갔다. 물은 차가웠고 수영을 하니 기분이 좋았다. 마리와 나는 멀리까지 헤엄쳐 나갔으며 우리의 몸짓, 우리의 만족감이 서로 일치한다는 기분을 느낄 수 있었다.

먼바다에서 우리는 물 위에 몸을 눕혔다. 하늘을 향한 내 얼굴 위에 태양이 내리쪼이면서 입가로 흐르는 물의 마지막 장막까지 걷어주었다. 마송이 다시 해변으로 가서 드러누워 일광욕을 하는 모습이 보였다. 멀리서도 그는 거구로 보였다. 마리는 나와 함께 헤엄치고 싶어 했다. 내가 뒤쪽에서 그녀의 허리를 붙잡았고 그녀가 팔을 저어 앞으로 나아갔으며 나는 발장구를 쳐서 그녀를 도왔다. 내가 피곤함을 느낄 때까지 그렇게 아침 나절 내내, 찰싹거리는 작은 물소리가 우리를 뒤따랐다. 피곤을 느낀 나는 마리를 남겨둔 채 호흡을 조절하면서 규칙적으로 헤엄쳐서 돌아왔다. 해변에서 나는 마송 옆에 배를 깔고 엎드려 모래 속에 얼굴을 묻었다. 내가 그에게 "좋은데요"라고 말했고 그도 그렇다고 말했다. 잠시 후 마리가 돌아왔다. 나는 고개를 돌려 마리가 다가오는 것을 바라보았다. 온몸이 소금물에 끈적거리고 있었고 머리칼은 뒤로 늘어뜨리고 있었다. 그녀는 나와 함께 옆구리를 맞대고 누웠고 그녀의 체온과 태양의 열기로 인해 나는 살포시 잠이 들었다.

마리가 나를 흔들어 깨우더니 마송이 집으로 돌아갔으며 점심을 먹어야 한다고 말했다. 나는 배가 고팠기에 즉각 몸을 일으켰다. 그런데 마리가 오늘 아침부터 지금까지 내가 그녀에게 키스를 해주지 않았다고 말했다. 사실이었지만 나도 키스를 하고 싶었다.

"물속으로 들어가요." 마리가 내게 말했다.

우리는 바다로 달려가서 첫 번째 잔물결에 몸을 던졌다. 우리는 얼마간 개구리헤엄을 쳤고 그녀가 내 몸에 찰싹 달라붙었다. 그녀의 다리가 내 다리를 휘감았고 나는 욕정을 느꼈다.

우리가 돌아오니 마송이 이미 우리를 부르고 있었다. 나는 그에게 배가 무척 고프다고 말했고 그는 자기 아내에게 내가 마음에 든다고 말했다. 빵은 맛이 좋았으며 나는 내 몫의 생선을 게걸스럽게 먹어 치웠다. 이어서 고기가 나왔고 감자튀김이 나왔다. 우리는 모두 말없이 먹기만 했다. 마송은 포도주를 마셨고 내게 쉴 새 없이 포도주를 따라주었다. 커피가 나왔을 때 머리가 좀 무거워 나는 담배를 많이 피웠다. 마송과 레몽과 나는 공동 비용으로 8월 한 달을 해변에서 지내기로 의견의 일치를 보았다. 그때 마리가 갑자기 말했다.

"지금 몇 시인지 알아요? 11시 반이에요."

우리는 모두 놀랐다. 그런데 마송이 우리가 좀 이르게 식사를 하긴 했다, 하지만 점심시간이란 결국 우리가 배고플 때를 말하는 것이니 자연스럽지 않냐고 말했다. 그 말을 듣고 마리가 왜 웃었는지 모르겠다. 아마 포도주를 너무 마신 탓이 아닌가 싶다. 그때 마송이 함께 해변을 산책하지 않겠느냐고 내게 물었다.

"내 아내는 점심 식사 후에는 꼭 낮잠을 잡니다. 난 별로 안 좋아해요. 난 걸어야 해요. 내가 저 사람에게 그게 건강에 낫다고 늘 말합니다. 하지만 어쨌든 하고 싶은 대로 할 수밖에요."

마리는 자기는 남아서 마송 부인의 설거지를 돕겠다고 했다. 작은 파리 여인은 그러려면 남자들을 밖으로 내보내야 한다고 말했다. 우리 세 명의 남자는 해변으로 내려갔다.

태양이 거의 수직으로 모래 위에 내리쬐고 있었고 바다에 반사되는 빛은 견디기 어려울 정도였다. 해변에는 더 이상 아무도 없었다. 바다를 굽어보며 언덕 가장자리를 따라 늘어서 있는 작은 별장들 안에서는 접시와 식기들을 닦는 소리가 들렸다. 지면에서 올라오는 돌의 열기로 숨을 쉬기가 힘들었다. 레몽과 마송은 처음에는 내가 모르는 일들과 사람들에 대해 이야기했다. 나는 그들이 알고 지낸 지 오래되었으며 한동안은 함께 살기도 했다는 사실을 알게 되었다. 우리는 물가로 가서 바다를 따라 걸었다. 이따금 작은 물결들이 밀려와 우리가 신은 면신발을 적셨다. 나는 맨머리 위로 내리쬐는 태양 때문에 반쯤 졸고 있었기에 아무 생각도 없었다.

그 순간 레몽이 마송에게 뭔가 말했지만 나는 잘 알아듣지 못했다. 하지만 그와 동시에 나는 우리에게서 멀리 떨어진 해변 끝에 푸른색 작업복을 입은 아랍인 두 명이 우리 쪽을 향해 오고 있는 것을 발견했다. 내가 레몽을 바라보자 그가 말했다.

"그놈이야."

우리는 계속 걸었다. 마송은 그들이 어떻게 여기까지 우리를 따라올 수 있었는지 의아해했다. 나는 우리가 비치백을 들고 버스에 오르는 것을 그들이 본 게 틀림없다고 생각했지만 아무 말도 하지 않았다.

아랍인들은 천천히 다가왔고 이제 상당히 가까워져 있었다. 우리는 보조를 바꾸지 않았다. 레몽이 말했다.

"싸움이 벌어지면 마송, 자네는 두 번째 놈을 맡아. 나는 당사자 놈을 맡겠어. 뫼르소 자네는, 다른 놈이 오면 그놈을 맡게."

나는 "알았어"라고 대답했고 마송은 호주머니에 양손을 찔러 넣었다. 과열된 모래는 이제 내게는 붉게 보였다. 우리는 일정한 걸음걸이로 아랍인들을 향해 나아갔다. 우리 사이의 거리는 일정하게 줄어들었다. 우리가 서로 몇 걸음밖에 떨어지지 않게 되었을 때 아랍인들이 멈춰 섰다. 마송과 나는 걸음을 늦추었다. 레몽은 곧장 그의 상대에게로 갔다. 레몽이 무슨 말을 했는지 나는 잘 알아듣지 못했지만 상대방이 머리로 들이받는 시늉을 했다. 그러자 레몽이 먼저 한 대 후려치고는 곧바로 마송을 불렀다. 마송은 자신이 맡은 놈에게 가서 힘껏 주먹 두 방을 날렸다. 아랍인은 얼굴을 바닥에 처박은 채 물속에 납작 엎어졌다. 그는 그런 자세로 몇 초간 그대로 있었으며 그의 머리 주변으로 거품이 부글거렸다. 그사이 레몽이 한 방 더 날렸고 상대방 얼굴은 피범벅이 되었다. 레몽이 내 쪽으로 고개를 돌리며 말했다.

"이놈 맛을 보여줄 테니 잘 보라고!"

내가 그에게 소리쳤다.

"조심해! 칼을 갖고 있어!"

하지만 이미 레몽은 팔을 베이고 입이 찢겼다.

마송이 앞으로 풀쩍 뛰어나갔다. 그러나 엎어져 있던 아랍인이 일어나서 무기를 들고 있는 아랍인 뒤에 섰다. 우리는 감히 움직일 수 없었다. 그들은 우리에게서 눈길을 떼지 않은 채 단도로 위협하며 뒤로 천천히 물러났다. 충분히 거리를 확보하자 그들은 부리나케 도망쳐 버렸다. 그동안 우리는 태양 아래 못 박힌 듯 서 있었고 레몽은 피가 흐르는 팔을 움켜쥐고 있었다.

마송은 일요일마다 언덕 별장에 와서 지내는 의사가 한 명 있다고 재빠르게 말했다. 레몽은 즉시 그 의사에게 가기를 원했다. 하지만 그가 말을 할 때마다 상처에서 흐르는 피로 인해 입 안에서 피거품이 일었다. 우리는 그를 부축하고 가능한 한 빠르게 별장으로 돌아왔다. 별장에서 레몽은 상처가 얕으니 의사에게 갈 수 있다고 말했다. 그는 마송과 함께 떠났고 나는 남아서 무슨 일이 있었는지 여자들에게 설명했다. 마송 부인은 울었고 마리는 파랗게 질렸다. 나로서는 그녀들에게 설명하는 게 귀찮았다. 나는 입을 다물고 바다를 바라보며 담배를 피웠다.

한 시 반쯤 되었을 때 레몽이 마송과 함께 돌아왔다. 팔에 붕대를 감고 있었고 입가에 반창고를 붙이고 있었다. 의사는 그에게 대단치 않다고 말했다지만 레몽은 침울한 표정이었다. 마송은 그를 웃기려고 애썼다. 하지만 레몽은 여전히 말이 없었다. 그가 해변으로 내려가겠다고 말했을 때 나는 어디로 가려는 거냐고 물었다. 그는 바람 좀 쐬겠다고 말했다. 마송과 나는 함께 가겠다고 말했다. 그러자 그는 화를 내며 우리에게 욕설을 퍼부었다. 마송이 그의 비위를 거스르지 말자고 말했다. 그래도 나는 그의 뒤를 따라나섰다.

우리는 해변을 오랫동안 걸었다. 태양은 이제 짓누르는 듯했다. 햇빛은 모래와 바다 위에서 조각조각 부서지고 있었다. 나는 레몽이 자신이 어디로 가는지 알고 있는 것 같다는 느낌을 받았지만 분명히 잘못된 느낌이었다. 해변 끝까지 걸어간 우리는 마침내 커다란 바위 뒤에서 모래밭으로 흐르고 있는 작은 샘에 이르렀다. 그곳에서 우리는 두 명의 아랍인을 발견했다. 그들은 기름기가 낀 푸른 작업복을 입은 채 누워있었다. 그들은 너무 평온하다 못해 거의 만족스럽기까지 한 표정이었다. 우리가 왔어도 그들은 전혀 반응이 없었다. 레몽에게 상처를 입힌 자는 아무 말 없이 그를 바라보았다. 다른 자는 작은 갈대 피리를 불고 있었는데 그는 우리를 곁눈질하며 그 악기로 낼수 있는 세 음조를 끊임없이 반복하고 있었다.

그 사이 그곳에는 태양과 침묵, 샘물 흐르는 자그마한 소리, 갈대 피리의 세 음조만이 있었다. 레몽이 주머니 속 권총에 손을 가져갔지만 상대방은 꼼짝하지 않았다. 둘은 서로 노려보고 있었다. 나는 피리를 불고 있는 자의 발가락 사이가 벌어져 있음을 알 수 있었다. 그런데 레몽이 상대방으로부터 눈길을 거두지 않은 채 내게 물었다.

제6장

"저놈을 해치울까?"

내가 그러지 말라고 하면 그는 제풀에 흥분해서 분명히 총을 쏠 것이라고 나는 생각했다. 나는 그에게 단지 이렇게만 말했다.

"저놈이 아직 자네에게 아무 말도 없잖아. 이런 상태에서 쏴 버리는 건 비겁한 짓일 거야."

침묵과 열기 한가운데 물소리와 피리 소리만이 여전히 자그 맣게 들리고 있었다. 그러자 레몽이 말했다.

"그렇다면 내가 놈에게 욕을 해야겠군. 저놈이 대꾸하면 그 때 해치워버리는 거야."

내가 대답했다.

"그렇게 해. 하지만 저놈이 단도를 꺼내지 않으면 방아쇠를 당기면 안 돼."

레몽은 약간 흥분하기 시작했다. 아랍인 한 명은 여전히 피 리를 불고 있었지만 둘 다 레몽의 동작 하나하나를 예의 주시 하고 있었다. 내가 레몽에게 말했다.

"아니야. 저놈과 남자 대 남자로 맞서. 자네 권총은 내게 줘. 다른 놈이 끼어들거나 칼을 빼 들면 그때 내가 끝내버릴게."

레몽이 내게 권총을 건네주었을 때 햇볕이 그 위에서 미끄러 졌다. 하지만 우리는 마치 우리 주변이 완전히 둘러막힌 듯이 꼼짝 않고 그대로 있었다. 우리는 눈길을 낮추지 않은 채 서로를 노려보고 있었다. 바다와 모래와 태양 사이에, 피리와 물소리가 자아내는 이중의 정적 속에 이곳 모든 것이 정지해 있었다. 그 순간 나는 총을 쏠 수도 있고 쏘지 않을 수도 있다고 생각했다. 그런데 갑자기 아랍인들이 뒷걸음질을 치더니 바위 뒤로 사라져 버렸다. 레몽과 나는 가던 길을 되돌아왔다. 그의 기분이 좀 나아진 듯 그는 돌아갈 때 탈 버스에 대해 이야기했다.

나는 별장까지 그와 동행했다. 그런데 그가 나무 계단을 오르는 동안 나는 첫 번째 계단 앞에 그대로 서 있었다. 햇볕으로 머리는 띵했고 계단을 올라가야만 한다는 것, 그리고 다시 여자들을 만나야 한다는 사실에 맥이 풀렸던 것이다. 하지만 열기가 너무 강해서 하늘에서 맹렬히 쏟아지는 태양의 빗줄기를 맞으며 그대로 서 있는 것은 고통스러운 일이었다. 여기 머물거나 떠나거나 마찬가지였다. 잠시 후 나는 해변 쪽으로 몸을 돌리고 걷기 시작했다.

여전히 온통 붉게 과열되어 있었다. 모래 위에서 바다는 작은 파도를 일으키며 숨이 막힌 듯 빠르게 헐떡이고 있었다. 나는 바위를 향해 천천히 걸었다. 내 이마가 태양 아래 부풀어 오르는 듯 느꼈다. 열기 전체가 나를 짓누르며 내 갈 길을 막고 있었다. 그리고 내 얼굴에서 이 엄청난 열기의 숨결을 느낄 때마다 나는 이를 악물었으며 바지 주머니 속의 주먹을 움켜쥐고 이 태양과 이 태양이 내게 쏟아붓는 이 짙은 취기를 이겨내기 위해 전력을 다해 버텼다. 모래와 하얀 조개껍데기, 그리고 유리 조각에서 발산되는 칼날 같은 빛들이 번득일 때마다 내 턱이 경련을 일으켰다. 나는 오랫동안 걸었다.

멀리서 빛과 바다 물보라의 눈부신 후광에 둘러싸인 거무스름한 작은 바윗덩어리가 보였다. 나는 바위 뒤의 서늘한 샘을 생각했다. 샘물의 속삭임을 다시 듣고 싶었으며, 태양으로부터, 이 노고로부터, 여자의 눈물로부터 도망가고 싶었고 마침내 그늘과 그늘이 주는 휴식을 되찾고 싶었다. 그런데 바위 가까이 갔을 때 나는 레몽의 상대가 돌아와 있는 것을 보았다.

그는 혼자였다. 그는 얼굴은 바위 그늘에 두고 온몸을 태양에 노출한 채 두 손으로 목덜미를 받치고 누워있었다. 열기로 인해 그의 푸른 작업복에서 김이 피어오르고 있었다. 나는 약간 놀랐다. 나로서는 그건 이미 끝난 이야기였고 그 생각은 전혀 하지 않은 채 그곳에 간 것이었다.

그는 나를 보자마자 몸을 약간 일으키며 손을 주머니로 가져갔다. 나는 당연히 윗도리에 들어 있는 레몽의 권총을 잡았다.

그러자 그가 다시 몸을 눕혔지만 주머니에서 손을 빼내지 않은 채였다. 나는 그와 꽤 멀리 10여 미터 떨어져 있었다. 나는 반쯤 감은 그의 눈꺼풀 사이로 이따금 그의 시선을 느낄 수 있었다. 하지만 내 눈앞에는 주로 그의 얼굴이 불타오르는 열기 속에서 춤추듯 어른거릴 뿐이었다. 파도 소리는 정오 때보다 한결 나른하고 평온해졌다. 같은 모래 위에 같은 태양, 같은 빛이 이곳에 펼쳐져 있었다. 두 시간 전부터 낮은 더 이상 진행되지 않았으며 끓어오르는 쇳물의 바닷속에 닻을 내리고 있었다. 수평선 위로 작은 기선이 지나갔지만 나는 아랍인으로부터 계속 눈을 떼지 않고 있었기에 시선 끝으로 얼핏 검은 점만 알아볼 수 있을 뿐이었다.

내가 몸을 돌리기만 하면 그것으로 모든 것은 끝이리라고 나는 생각했다. 하지만 태양 빛과 열기에 떨리고 있는 해변 전체가 뒤에서 나를 압박했다. 나는 샘을 향해 몇 발짝 옮겼다. 아랍인은 움직이지 않았다. 어쨌든 그는 아직 꽤 떨어져 있었다. 그의 얼굴의 그늘 때문인지 그가 웃고 있는 것 같았다. 나는 기다렸다. 타는 듯한 태양의 열기가 뺨을 달구었고 땀방울이 눈썹에 맺히는 것을 느낄 수 있었다. 내가 엄마 장례식을 치르던 그날과 똑같은 태양이었고 그때처럼 특히 이마가 지근거렸으며

제6장

이마의 핏줄 전체가 피부밑에서 뛰고 있었다. 이 열기를 더 이상 견딜 수 없어서 나는 앞으로 한 걸음 내디뎠다. 나는 그것이 어리석은 짓이라는 것, 한 걸음 옮긴다고 해서 태양으로부터 벗어날 수 없다는 것을 알고 있었다. 하지만 나는 한 걸음, 다만 한 걸음 앞으로 나갔다. 그러자 이번에는 아랍인이 몸을 일으키지 않은 채 단도를 끄집어내어 햇빛 속에서 내게 겨누었다. 햇빛이 강철 위에서 반짝였고 마치 번쩍이는 긴 칼날이 내 이마에 와 닿는 것 같았다. 그 순간 눈썹에 맺혀 있던 땀이 갑자기 눈꺼풀 위로 흘러내려 마치 미지근하고 두터운 장막처럼 눈꺼풀을 덮어 버렸다. 이 눈물과 소금의 장막에 가려 내 눈은 보이지 않았다. 나는 내 이마에 울리는 태양의 심벌즈 소리와 여전히 내 앞에 있던 단도로부터 발사되는 번쩍이는 칼날만을 희미하게 느낄 뿐이었다. 이 불타오르는 칼날이 내 속눈썹을 갉아 먹고 내 고통스러운 눈을 후벼 팠다. 바로 그때 모든 것이 흔들렸다. 바다가 빽빽하고 뜨거운 숨결을 실어 왔다. 마치 하늘이 활짝 열려 불비를 쏟아내는 것 같았다. 내 존재 전체가 긴장되었고 나는 권총을 움켜쥐었다. 방아쇠가 당겨졌고 나는 권총 손잡이의 매끈한 배를 만졌다. 그리고 바로 거기, 둔탁하면서도 동시에 귀를 먹먹하게 만드는 그 소리와 함께 모든 것이 시작되었다. 나는 땀과 태양을 떨쳐버렸다. 나는 내가 한낮의 균형을, 내가 행복해했던 해변의 그 이례적인 정적을 깨뜨려버렸다는 사실을 깨달았다. 그런 후 나는 그 움직이지 않는 몸뚱이에 다시 네 발을 발사했다. 총알은 보이지 않게 박혀버렸다. 그것은 마치 내가 불행의 문을 두드리는 네 번의 짧은 노크 소리 같은 것이었다.

제
2
부

제1장

　체포되자 나는 곧바로 여러 번 심문을 받았다. 하지만 신원 확인을 위한 심문이어서 오래 걸리지 않았다. 처음 경찰에서는 아무도 내 사건에 흥미를 느끼는 것 같지 않았다. 그런데 일주일 후, 예심 판사(수사판사라고도 함. 프랑스 등 대륙법계 일부 국가들에서 운영하는데, 사실상 검사와 비슷한 역할이나 법원에 소속되어 있다는 것이 차이점임-옮긴이 주)는 그들과 달리 나를 흥미롭게 바라보았다. 하지만 처음에는 내 이름과 주소, 직업, 출생 연도와 출생지만을 물어보았을 뿐이었다. 이어서 그는 내게 변호사를 선임했는지 알고 싶어 했다. 나는 아니라고 말한 후 변호사를 반드시 선임해야 하는지 알고 싶다고 말했다.

　"왜지요?" 그가 말했다.

나는 내 사건이 매우 단순해 보이기 때문이라고 대답했다. 그러자 그가 웃으면서 말했다.

"그렇게 볼 수도 있지요. 하지만 법이란 게 있소. 당신이 변호사를 선임하지 않으면 우리가 국선 변호인을 지정해주겠소."

나는 사법부가 그런 세세한 것에 신경을 써주다니 정말 편리하다고 생각했다. 나는 내 생각을 그에게 말했다. 그는 내 말에 동의하더니 법은 참으로 잘 되어 있다고 결론짓듯 말했다.

처음에는 나는 그를 진지하게 대하지 않았다. 그는 커튼이 처진 방에서 나를 맞았다. 그의 책상 위에는 단 하나만의 등불이 있었고 그 등불은 앞에 놓인 안락의자를 비추고 있었다. 그는 내게 그 안락의자에 앉으라고 한 다음 자신은 내내 어둠 속에 앉아 있었다. 나는 비슷한 묘사를 책에서 이미 읽은 적이 있었으며 그 모든 것이 내게는 장난처럼 여겨졌다. 대화가 끝나자 이번에는 반대로 내가 그를 바라보았다. 깊고 푸른 눈에 큰 키의 말쑥한 얼굴이 보였다. 긴 잿빛 콧수염을 기르고 있었고 거의 백발에 가까운 풍성한 머리칼을 하고 있었다. 아주 분별력이 있어 보였으며 입술을 신경질적으로 쫑긋거리는 버릇이 있긴 했어도 대체로 호감형의 인물이었다. 밖으로 나오면서 심지어 나는 악수를 청할 뻔했다. 하지만 내가 사람을 죽였다는 사실을 제때에 떠올릴 수 있었다.

다음날 변호사가 나를 보러 감옥으로 찾아왔다. 작은 키에 통통한, 꽤 젊은 사람이었으며 머리카락을 정성스레 쓸어 붙이고 있었다. 더위에도 불구하고—나는 셔츠 바람이었다—끝이 접힌 칼라가 달린 짙은 색 양복에 검고 흰 굵은 줄무늬의 야릇한 넥타이를 매고 있었다. 그는 팔에 끼고 온 서류 가방을 내 침대에 내려놓더니 자신을 소개한 다음 내 서류를 검토해 보았다고 말했다. 내 사건이 까다롭긴 하지만 내가 자신을 믿어주기만 한다면 승소는 의심의 여지가 없다는 것이었다. 내가 고맙다고 말하자 그가 말했다.

"본론으로 들어갑시다."

그는 침대에 앉더니 내 사생활 정보들에 대한 조사가 이루어졌다고 내게 말했다. 그들은 나의 어머니가 최근에 양로원에서 세상을 떠나신 것을 알았다. 그래서 마렝고로 사람을 보내 조사했다. 예심 판사들은 엄마 장례식 날 내가 '무심한 태도를 보였다는 사실'을 알게 되었다는 것이다. 변호사가 내게 말했다.

"이해하십시오. 당신에게 이런 걸 물으려니 좀 난처합니다. 하지만 그건 아주 중요합니다. 내가 제대로 답변할 말을 찾지 못한다면 당신을 기소할 수 있는 아주 강한 논거가 될 수 있을 것입니다."

그는 내가 자신을 도와주기를 원했다. 그는 내게 그날 괴로웠느냐고 물었다. 나는 그 질문에 너무 놀랐다. 만일 내가 그런 질문을 해야 했다면 상당히 난처했을 것 같았다. 그렇지만 나는, 평소에 별로 자문해 보는 버릇이 없기에 내가 어땠는지 알려주기 어렵다고 대답했다. 물론 나는 엄마를 무척 사랑했지만 그건 아무런 의미가 없다. 정상적인 사람이라면 누구나 자신이 사랑하는 사람의 죽음을 얼마간은 바라는 법이다. 여기서 변호사가 내 말을 끊었다. 매우 동요한 것 같았다. 그는 내게 법정에서도, 예심 판사 앞에서도 그런 말은 하지 않겠다고 약속하라고 했다. 그렇지만 나는 그에게 내 육체적 욕구가 종종 내 감정을 흩트리는 경우가 있다고 이어서 말했다. 엄마 장례식 날 나는 매우 피곤했고 졸렸다. 그래서 나는 무슨 일이 일어나고 있는지 잘 알 수가 없었다. 내가 분명히 말할 수 있는 것은 엄마가 죽지 않았으면 좋았으리라는 사실 뿐이다. 그러나 변호사는 만족한 것 같지 않았다. 그는 내게 "그걸로는 충분하지 않아요"라고 말했다.

그는 곰곰이 생각에 잠겼다. 그는 내게 그날 내가 나의 자연적 감정을 억눌렀다고 말할 수 있는지 물었다. 나는 그에게 "아뇨. 그건 사실이 아니니까요"라고 말했다. 그는 나를 이상하다는 듯 바라보았다. 마치 내가 그에게 얼마간 혐오감을 불러일으킨 것 같았다. 그는 어쨌든 양로원 원장과 직원들이 증인으로 심문을 받게 될 것이며 '그렇게 되면 내게 불리하게 작용할 수도 있다'라고, 거의 심술궂게 말했다. 나는 그런 이야기는 내 일과는 상관이 없다고 지적했지만 그는 내가 사법기관과는 관계를 맺어본 적이 없는 게 분명하다고만 말했을 뿐이었다.

그는 화난 표정으로 떠났다. 나는 그를 붙잡고 그의 호감을 사고 싶다고, 변호를 잘 받기 위해서가 아니라 말하자면 자연스럽게 그러는 것이라고 설명하고 싶었다. 무엇보다 내가 그를 불편하게 했음을 나는 알 수 있었다. 그는 나를 이해하지 못했고 나를 얼마간 원망하고 있었다. 나는 그에게 나는 다른 사람과 똑같다는 것을, 정말로 똑같다는 것을 납득시키고 싶었다. 하지만 그 모든 게 사실상 별로 소용이 없는 짓이었으며 게다가 게으른 탓에 그냥 포기해 버렸다.

그로부터 얼마 지나지 않아 나는 다시 예심 판사 앞으로 불려 갔다. 오후 두 시였고 이번에는 직물 커튼에 의해 약간 누그러진 빛이 그의 사무실 안에 가득 차 있었다. 매우 더웠다. 그는 아주 정중하게 내게 앉으라고 하더니 나의 변호사가 '예기치 못한 일이 생겨서' 올 수 없다고 말했다. 그렇지만 내게는 그의 질문에 대답하지 않을 권리가 있으며 변호사가 올 때까지 기다릴 수 있다는 것이었다. 나는 나 혼자서도 대답할 수 있다고 말했다. 그는 손가락으로 책상 위의 버튼을 눌렀다. 젊은 서기가 들어오더니 내 등 뒤에 자리 잡고 앉았다.

우리는 둘 다 안락의자에 편안하게 앉았다. 심문이 시작되었다. 그는 우선, 사람들 말에 따르면 내가 과묵하고 내성적인 성격이라고들 하는데 그에 대해 내가 어떻게 생각하는지 알고 싶다고 말했다. 나는 대답했다.

"그건 제가 별로 할 말이 없었기 때문입니다. 그래서 입을 다물고 있는 겁니다."

그는 첫 번째 심문 때처럼 미소를 지으며 참으로 지당한 이유라고 말하고는 "게다가 그건 별로 중요하지 않지"라고 덧붙였다. 그는 잠시 입을 다물고 나를 바라보더니 갑자기 자세를 바로잡으며 빠르게 말했다.

"내게 관심이 있는 건 바로 당신이오."

나는 그가 무슨 뜻으로 그런 말을 하는 것인지 이해할 수가 없어서 아무 대답도 하지 않았다. 그러자 그가 덧붙여 말했다.

"당신 태도에는 내가 이해하기 힘든 것들이 있소. 나는 내가 그걸 이해할 수 있도록 당신이 도울 수 있다고 믿어요."

나는 모든 것이 지극히 간단하다고 대답했다. 그는 그날 내게 일어난 일을 되짚어 이야기해보라고 했다. 나는 이미 그에게 해주었던 말을 되풀이했다. 레몽, 해변, 해수욕, 싸움, 그리고 다시 해변, 작은 샘, 태양과 다섯 번의 권총 발사. 한 마디가 끝날 때마다 그는 "좋아요, 좋아"라고 말했다. 내 이야기가 쓰러진 몸뚱이에 이르자 그는 "좋아"라고 말하며 고개를 끄덕였다. 나는 같은 이야기를 이렇게 되풀이하는 데 지쳤고 게다가 그렇게 말을 많이 해본 적도 없었다.

얼마간 침묵 후에 그는 자리에서 일어나며 나를 돕고 싶다고, 내게 흥미를 느끼기에 하느님의 도움으로 나를 위해 뭔가 하겠다고 말했다. 하지만 그 전에 몇 가지 물을 것이 있다고 그는 말했다. 그는 다짜고짜로 엄마를 사랑했냐고 물었다. 나는 "네, 다른 모든 사람처럼요"라고 대답했다. 순간 그때까지 규칙적으로 타자를 하고 있던 서기가 키를 잘못 누른 것이 분명해 보였다. 그가 당황해하면서 타자 치던 것을 다시 뒤로 물렸던 것이다. 그러자 여전히 명백한 논리적 연결 고리도 없이 판사는 내게 권총 다섯 발을 연달아 발사했냐고 물었다. 나는 기억을 더듬은 후에 처음에는 한 발을 쏘았고 몇 초 후에 네 발을 쏘았다고 말했다. 그러자 그가 물었다.

"첫 번째 발사와 두 번째 발사 사이에 왜 기다렸던 겁니까?"

내게 다시 한번 붉은 해변이 보였고 내 이마에서 태양이 작열하는 것을 느꼈다. 하지만 이번에는 그의 질문에 대답하지 않았다. 침묵이 이어지는 동안 판사는 안절부절못하는 것 같았다. 그는 자리에 앉아 머리카락을 마구 헝클더니 책상에 팔꿈치를 괴고는 기묘한 표정을 지으며 내 앞으로 약간 몸을 기울였다.

"왜, 도대체 왜, 땅에 쓰러진 몸뚱이에 총을 쏜 겁니까?"

이번에도 나는 무슨 대답을 해야 할지 알 수 없었다. 판사는 자신의 두 손을 이마로 가져가더니 이번에는 약간 달라진 목소리로 질문을 되풀이했다.

"왜? 내게 말해줘야 해요. 도대체 왜?"

나는 여전히 입을 다물고 있었다.

갑자기 그가 자리에서 일어나서 사무실 한쪽 끝으로 성큼성큼 걸어가더니 서류함의 서랍 하나를 열었다. 그는 거기서 은으로 만든 그리스도의 십자고상(十字苦像)을 꺼내더니 그것을 흔들며 내게로 되돌아왔다. 그는 완전히 달라진, 거의 떨리는 듯한 목소리로 외쳤다.

"당신은 이분을 아십니까? 바로 이분을?"

제1장

나는 "당연히 압니다"라고 대답했다. 그러자 그는 빠르게, 그리고 열정적으로 자신은 하느님을 믿는다, 그 어떤 사람도 하느님이 용서해주시지 못할 만한 죄를 지은 사람은 없다고 확신한다, 하지만 하느님의 용서를 받으려면 회개를 통하여, 텅 빈 영혼으로 모든 것을 받아들일 준비가 된 어린아이처럼 되어야 한다고 말했다. 그는 탁자 위로 몸 전체를 기울이고 있었다. 그는 십자고상을 거의 내 머리 위에서 흔들어댔다. 솔직히 말하자면 나는 그의 논리를 따라가기 힘들었다. 우선은 더웠기 때문이고 그의 사무실에 큼직한 파리들이 있어서 그것들이 내 얼굴에 달라붙었기 때문이며 그의 태도가 약간 무섭기도 했기 때문이었다. 동시에 나는 그가 하는 짓이 우스꽝스럽다는 것도 깨달았다. 어쨌든 죄를 지은 것은 나였기 때문이다. 하지만 그는 계속했다. 내가 어렴풋이 이해한 바로는 그가 보기에 내 고백에는 딱 한 가지 모호한 점밖에 없었다. 내가 기다렸다가 두 번째로 권총을 발사했다는 사실이 바로 그것이었다. 나머지는 다 좋은데 그 점을 이해할 수 없다는 것이었다.

나는 그에게 거기에 집착하는 것은 옳지 않다고 말하려 했다. 이 마지막 문제는 별로 중요하지 않았다. 그런데 그가 내 말을 자르고 몸을 벌떡 일으키더니 하느님을 믿느냐고 물으면서 나에게 마지막으로 윽박질렀다. 나는 안 믿는다고 대답했다. 그는 분개하며 자리에 앉았다. 그는 그건 불가능하다고, 모든 사람은, 심지어 하느님을 외면하는 자들까지도 하느님을 믿는다고 말했다. 그것이 그의 신념이며 만일 그것을 의심하는 일이 벌어지면 자신의 삶은 의미가 없으리라는 것이었다.

그가 외쳤다.

"당신은 내 삶이 무의미해지기를 바라는 겁니까?"

내 생각에 그것은 나와 아무런 상관없는 일이었고 나는 그에게 그렇게 말했다. 하지만 그는 이미 책상 너머로 십자고상을 내 눈 밑으로 내밀고는 정신 나간 듯 고함을 질렀다.

"나는 크리스천이야. 내가 이분께 네 잘못에 대해 용서를 빌고 있는 거야. 이분이 너를 위해 고통을 겪으셨다는 걸 어떻게 믿지 않을 수 있다는 거지?"

그가 내게 반말을 한다는 것을 알아차릴 수 있었지만 나는 지겨웠다. 더위는 점점 더 심해졌다. 내가 귀를 기울이기 싫은 사람에게서 벗어나고 싶을 때면 늘 그랬듯이 나는 수긍하는 척했다. 그러자 놀랍게도 그가 의기양양해서 말했다.

"거 봐! 너도 믿잖아. 너도 그분께 의탁하려는 거잖아. 그렇지 않아?"

나는 다시 한번 아니라고 분명히 말했다. 그가 다시 의자에 주저앉았다.

그는 매우 피곤해 보였다. 그는 한동안 말없이 있었고 그사이 대화를 줄곧 따라오던 타이프라이터가 마지막 문장들을 계속해서 치고 있었다. 이어서 그는 약간 슬픈 표정으로 나를 주의 깊게 바라보았다. 그가 중얼거리듯 말했다.

"당신 영혼처럼 완강한 영혼은 처음 보았소. 내 앞에 온 범죄자들은 언제나 이 고상(苦像) 앞에서 눈물을 흘리건만."

나는 그건 바로 그들이 범죄자들이기 때문에 그런 거라고 대답하려 했다. 하지만 나는 나 역시 그들과 같다는 데 생각이 미쳤다. 그런 건 아예 내가 떠올릴 수조차 없는 생각이었다. 그러자 판사는 마치 심문이 끝났음을 뜻하는 듯 자리에서 일어났다. 그는 여전히 약간 지친 듯한 표정으로 내가 저지른 일을 후회하고 있느냐고 물었을 뿐이었다. 나는 잠시 생각해본 후 정말로 후회하기보다는 좀 귀찮다고 대답했다. 그가 내 말을 이해하지 못한다는 느낌을 나는 받았다. 그러나 그날은 그뿐 더이상 진행된 것은 없었다.

이후 나는 자주 예심 판사를 만났다. 다만 만날 때마다 변호사와 함께였다. 심문은 내가 앞서 진술한 내용들을 확인하는

데서 그쳤다. 그렇지 않으면 판사는 변호사와 소송 비용에 대해 논의했다. 하지만 그런 경우 그들은 실제로는 나를 아랑곳하지 않았다. 어쨌든 차츰차츰 심문의 어조가 변해갔다. 판사는 더 이상 내게 흥미를 느끼는 것 같지 않았으며 어떤 의미로는 내 사건의 성격을 규정해 버린 것 같았다. 그는 더 이상 내게 하느님 이야기를 하지 않았으며 첫날 그가 보였던 흥분한 모습을 다시 볼 수 없었다. 그 결과 우리들의 면담은 한결 다정해졌다. 몇 가지 질문과 변호사와의 약간의 대화로 심문은 끝났다. 판사 자신의 표현대로 내 사건은 착착 진행되고 있었다. 또한 이따금 일반적인 대화가 오갈 때면 나를 그 대화에 끼워 주기도 했다. 나는 숨통이 트이기 시작했다. 그 시간이면 그 누구도 나를 모질게 대하지 않았다. 모든 것이 아주 자연스러웠으며 분명했고 아주 간소하게 진행되어서 나는 '가족의 일원이 된 것 같다'는 터무니없는 인상까지 받았다. 그리하여 예심이 진행된 11개월 후에는 판사가 자기 방의 문 앞까지 나를 배웅하고는 내 어깨를 두드리며 "오늘은 이걸로 끝이오, 반 기독교도 양반"이라고 상냥하게 말하는 그 흔치 않은 순간을 내가 무엇보다 즐겼다는 사실에 스스로 거의 놀랄 지경이 되었다고 말할 수 있다. 그런 후 나는 다시 경관들의 손으로 넘어갔다.

제2장

　내가 결코 입에 올리고 싶지 않았던 일들이 있다. 감옥에 들어오고 며칠이 지나자 나는 내가 내 삶에서의 이 시기에 대해서는 이야기하고 싶지 않으리라는 것을 깨달았다.

　나중에 나는 내가 지녔던 그런 혐오감을 별로 대수롭지 않게 여기게 되었다. 사실상 처음 며칠은 실제로 감옥에 갇힌 기분도 아니었다. 나는 뭔가 새로운 일이 일어나기를 막연히 기다리고 있었다. 실제로 모든 것이 시작된 것은 마리의 첫 번째이자 유일한 방문이 있고 나서였다. 그녀의 편지를 받던 날,―그녀는 편지에서 자신이 내 아내가 아니기에 더 이상 면회가 허락되지 않는다고 썼다―바로 그날부터 나는 나의 감방이 바로 내 집이며 내 삶은 거기에 멈춰 있다는 것을 느꼈다. 처음 체포

되던 날 나는 몇 명의 수감자가 이미 들어있던 방에 갇혔다. 대부분이 아랍인이었다. 그들은 나를 보고 웃었다. 이어서 그들은 내가 무슨 짓을 저질렀느냐고 물었다. 내가 아랍인을 한 명 죽였다고 답하자 그들은 잠잠해졌다. 그런데 얼마 후 저녁이 되자 그들은 내게 누워 잘 거적 펴는 법을 가르쳐주었다. 거적 한쪽 끝을 말아서 베개로 사용할 수 있었다. 밤새 빈대들이 얼굴 위를 기어 다녔다. 며칠 후 나는 독방으로 옮겨졌고 나무판자 위에서 잠을 잤다. 그곳에는 변기통과 철제 세숫대야가 있었다. 감옥은 도시 아주 높은 곳에 있었고 작은 창문을 통해 바다를 볼 수 있었다. 어느 날 내가 창살에 매달려 빛을 향해 얼굴을 내밀고 있는데 간수가 들어오더니 면회 온 사람이 있다고 내게 말했다. 나는 마리려니 생각했다. 과연 그녀였다.

면회실로 가기 위해 나는 긴 복도를 지났고 이어서 계단을 거쳐 마지막으로 또 다른 복도를 걸어갔다. 나는 거대한 창문을 통해 밝은 빛이 들어오는 커다란 방으로 들어갔다. 방은 세로로 처진 두 개의 커다란 창살에 의해 세 부분으로 나뉘어 있었다. 두 창살 사이에는 면회객과 죄수들을 가르는 8미터 내지 10미터 정도의 공간이 있었다. 나는 바로 내 앞에서 줄무늬 원피스를 입고 있는 그을린 얼굴의 마리를 알아보았다. 내가 있는 쪽에는 십여 명의 수감자가 있었는데 대부분 아랍인이었다. 마리는 무어인들에게 둘러싸인 채 두 명의 여자 면회객 사이에 있었다. 한 명은 검은 옷을 입고 입술을 꽉 다문 작은 키의 노파였고 다른 한 명은 모자를 쓰지 않은 뚱뚱한 여자로 큰 소리로 떠들며 과장된 몸짓을 하고 있었다. 창살 간의 거리가 멀어 방문객들과 죄수들은 큰 소리로 말을 해야만 했다. 면회실로 들어서자 크고 텅 빈 벽에 부딪혀 울리는 시끄러운 목소리들과 유리창을 통해 들어와 방안에서 반사되는 강렬한 빛 때문에 나는 어지럼증을 느꼈다. 내 감방은 훨씬 조용하고 어두웠다. 적응하는 데 얼마간의 시간이 필요했다. 하지만 마침내 나는 환한 빛 속에 또렷하게 드러나 있는 얼굴들을 볼 수 있었다. 간수한 명이 두 창살 사이 복도 끝에 앉아 있는 모습이 보였다. 대부분의 아랍인 죄수와 그들의 가족은 서로 마주 본 채 쭈그려 앉아 있었다. 그들은 소리를 지르지 않았다. 이렇게 시끄러웠는데도 불구하고 그들은 낮은 목소리로 나누는 이야기를 서로 들을 수 있었다. 밑으로부터 올라오는 그들의 희미한 속삭임은 그들 머리 위에서 오가는 대화의 일종 통주저음(通奏低音)을 이루는 것 같았다. 나는 마리를 향해 가면서 그 모든 것을 한순간에 알아차렸다. 마리는 이미 창살에 바싹 달라붙어 나를 향해

한껏 미소를 짓고 있었다. 나는 그녀가 무척 아름답다고 생각했지만 그녀에게 그 말을 할 수는 없었다.

"어때요?" 그녀가 내게 큰 소리로 말했다.

"뭐, 보다시피."

"괜찮아요? 필요한 건 없어?"

"응, 없어."

우리는 입을 다물었다. 마리는 여전히 웃고 있었다. 뚱뚱한 여자는 내 곁의 남자를 향해 거의 울부짖고 있었다. 그녀의 남편임이 분명한 그는 큰 키에 솔직한 눈매를 한 금발의 사내였다. 이미 시작된 대화가 이어지고 있었다.

"잔이 그 애를 맡으려고 하지 않아." 그녀가 목이 터져라 외쳤다.

"아, 그래?" 남자가 말했다.

"당신이 나오면 데려올 거라고 했는데도 그 여자가 맡지 않겠대."

이번에는 마리 편에서 레몽이 인사를 전한다고 소리쳤고 나는 "고마워"라고 말했다. 하지만 내 목소리는 "애는 잘 지내?"라고 묻는 내 옆 사나이의 목소리에 묻혀버렸다. 그의 부인이 웃으며 "더할 나위 없이 잘 지내요"라고 말했다. 나의 왼쪽에

제2장

107

있는 작은 키에 섬세한 손을 가진 젊은이는 아무 말도 하지 않았다. 그는 작은 키의 노파와 마주 서 있었고 뚫어지게 서로를 바라보고 있었다. 하지만 나는 더 이상 그들을 살펴볼 시간이 없었다. 마리가 내게 희망을 가져야 한다고 소리쳤기 때문이었다. 나는 "그래"라고 말했다. 그 말을 하면서 나는 그녀를 바라보았고, 원피스 위쪽의 어깨를 껴안고 싶어졌다. 나는 그 얇은 천을 욕망했고 그것 외에 달리 그 무엇을 희망해야 하는지 별로 알 수 없었다. 마리가 여전히 웃고 있는 것으로 보아 분명히 마리도 그런 뜻으로 말한 것이리라. 이제 내게는 그녀의 반짝이는 치아와 눈가의 잔주름밖에 보이지 않았다. 그녀가 다시 외쳤다.

"당신이 나오면 우리 결혼해요!"

나는 "그래?"라고 대답했지만 그것은 무엇보다 무슨 말이든 해야 했기 때문이었다. 그녀는 여전히 큰 목소리로 빠르게 "그럼요"라고 말한 뒤에 나는 무죄 방면될 것이고 그러면 다시 해수욕을 가자고 말했다. 그런데 곁에 있던 여자가 고함치며 보관소에 바구니를 하나 맡겨 놓았다고 말했다. 그녀는 바구니에 넣은 것들의 목록을 열거했다. 모두 비싼 거니까 확인해 봐야 한다는 것이었다. 내 곁의 다른 젊은이와 그의 어머니는 여전히 서로 바라보고만 있었다. 우리 발밑에서는 여전히 아랍인들의 중얼거리는 소리가 이어지고 있었다. 밖에서는 빛이 유리창에 부딪혀 부풀어 오르는 것 같았다.

나는 몸이 좀 불편해져서 밖으로 나갔으면 싶었다. 소음 때문에 고통스러웠다. 하지만 한편으로는 마리의 존재를 더 즐기고 싶었다. 시간이 얼마나 흘렀는지 모른다. 마리가 자기 일에 관한 이야기를 하면서 끊임없이 웃었다. 중얼거림, 고함, 대화가 서로 교차했다. 내 옆에서 서로 마주 보고 있는 키 작은 젊은이와 노파만이 침묵의 외딴섬을 이루고 있었다. 서서히 아랍인들이 끌려 나갔다. 첫 번째 사람이 끌려 나가자 사람들은 일제히 입을 다물었다. 키 작은 노파가 창살 가까이 다가왔고 그와 동시에 간수 한 명이 그녀의 아들에게 신호를 보냈다. 그가 "잘 가세요, 엄마"라고 말하자 노파는 창살 사이로 팔을 집어넣고 아들에게 오랫동안 천천히 손짓을 했다.

노파가 떠나자 손에 모자를 든 남자 한 명이 들어와서 그 자리를 차지했다. 간수가 다른 죄수를 데려왔고 그들은 활기차게 이야기를 시작했다. 하지만 방이 조용해졌기에 그들은 목소리를 낮추어 이야기했다. 내 오른쪽에 있던 남자를 데리고 가자 그의 아내는 크게 소리칠 필요가 없어졌다는 것을 알아차리지 못한 듯 여전히 목소리를 낮추지 않은 채 고함을 질렀다.

"몸 간수 잘 해요. 조심하고요!"

이어서 내 차례가 되었다. 마리가 내게 키스하는 시늉을 했다. 나는 방을 나서기 전에 뒤돌아보았다. 그녀는 창살에 얼굴을 꼭 붙이고 당혹스러워하는 듯한 어색한 미소를 지으며 서 있었다.

얼마 후 그녀가 내게 편지를 보냈다. 그리고 바로 그 순간부터 내가 전혀 말하고 싶지 않던 일들이 시작되었다. 어쨌든 그 어느 것도 과장하지 말아야 하며 그것은 내게는 다른 사람들보다 쉬운 일이었다. 그러나 수감 초기에 내게 가장 힘들었던 것은 내가 자유로운 사람처럼 사고하고 있었다는 사실이었다. 예를 들어 해변에 있고 싶다는 욕망, 바다로 내려가고 싶다는 욕망이 나를 사로잡았다. 내 발밑에서 찰랑거리는 첫 번째 파도 소리, 물속에 몸을 담글 때의 촉감, 내가 거기서 느꼈던 해방감을 상상하기만 해도 나는 갑자기 감옥의 벽들이 그 얼마나 내 가까이 있는가를 느꼈다. 하지만 그것은 몇 달만 지속되었을 뿐이었다. 이후 나는 죄수로서의 생각밖에는 하지 않았다. 나는 매일 매일의 감옥 뜰 산책과 변호사의 방문을 기다렸다. 나는 나머지 시간도 아주 잘 지냈다. 그럴 때면 나는, 만약 나를 마른 나무둥치 안에서 오직 머리 위 하늘에 핀 꽃만 보고 살게 만들더라도 점점 더 거기에 익숙해지리라고 생각했다. 만일 그렇게 되더라도 나는 마치 내가 여기서 변호사의 그 기묘한 넥타이를 기다리듯이, 혹은 저 다른 세상에서 마리의 몸을 껴안기 위해 토요일까지 참고 기다리듯이, 새들이 지나가기를, 혹은 구름을 만날 수 있기를 기다렸을 것이다. 그런데 잘 생각해보니 나는 마른 나무둥치 안에 있지 않았다. 나보다 더 불행한 사람들도 있었다. 하긴 그건 엄마의 생각이기도 했다. 엄마는 종종 사람이란 결국 모든 것에 익숙해지기 마련이라고 되풀이하곤 했다.

게다가 나는 평소에 그럴 지경까지 이르지도 않았다. 처음 몇 달은 힘들었다. 하지만 내가 기울여야 했던 바로 그 노력 자체가 그 몇 달을 보낼 수 있게 해주었다. 예컨대 나는 여자에 대한 욕구 때문에 고통스러웠다. 젊었으니 당연한 일이었다. 나는 특별히 마리만을 생각하지는 않았다. 나는 그저 어떤 여자, 혹은 여자들, 내가 알았던 모든 여자, 내가 그녀들과 사랑을 나누었던 상황에 대해 너무 열심히 생각한 나머지 내 감방은 그 모든 얼굴로 가득 찼고 내 욕망으로 우글거렸다. 어떤 의미에서는 그 생각은 내 균형을 무너뜨렸다. 하지만 다른 의미에서 그것은 시간을 죽여주었다. 나는 마침내 식사 시간에 주방 보조와 함께 오곤 하던 간수장의 호감을 얻게 되었다. 내게 먼저 여자 이야기를 꺼낸 것은 그였다. 그는 다른 사람들이 제일 먼저 불평하는 것이 바로 그것이라고 말했다. 나는 그에게 나도 그들과 다를 바 없으며 이런 처우는 부당하게 생각한다고 말했다. 그러자 그가 말했다.

"하지만 바로 그 때문에 당신을 감옥에 가두는 거요"

"어째서 그 때문이라는 겁니까?"

"아무렴, 자유, 바로 그거요. 당신에게서 자유를 빼앗는 거지."

나는 그런 생각은 해본 적이 없었다. 나는 수긍하고 말했다.

"맞아요. 그만한 벌이 어디 있겠어요."

"그래, 당신은 말귀를 잘 알아듣는군. 다른 사람들은 안 그래요. 하지만 결국은 스스로 욕망을 해결하지."

그런 후 간수는 가버렸다.

또한, 담배 문제도 있었다. 감옥에 들어오자 그들은 내 허리띠, 내 구두끈, 내 넥타이를 비롯해 내 호주머니에 들어있는 모든 것, 특히 담배를 압수했다. 독방으로 오자 나는 담배를 돌려달라고 요구했다. 하지만 그것은 금지되어 있다는 것이었다. 처음 며칠은 무척 힘들었다. 내게 가장 힘들었던 것은 아마 그것이었을 것이다. 나는 침대 판자에서 나뭇조각을 벗겨내어 빨곤

했다. 온종일 끊임없는 구역질을 달고 다녔다. 나는 아무에게도 해로울 것 없는 담배를 왜 빼앗는 것인지 이해할 수 없었다. 나중에 가서야 나는 그것도 징벌의 일부임을 이해할 수 있었다. 하지만 그때는 이미 담배를 피우지 않는 데 익숙해 있었기에 내게 더 이상 징벌이랄 것도 없었다.

그런 불편들만 제외한다면 나는 별로 불행하지 않았다. 모든 문제는, 다시 말하지만, 시간을 죽이는 데 있었다. 나는 회상하는 법을 배운 다음부터 더 이상 전혀 지루하지 않게 되었다. 나는 이따금 내 방에 대해 생각하기 시작했다. 나는 상상 속에서, 방의 한쪽 구석에서 출발해 다시 그곳으로 돌아오면서 그 사이에 있었던 모든 것을 마음속으로 헤아렸다. 처음에는 금세 끝나버렸다. 하지만 매번 다시 시작할 때마다 조금씩 길어졌다. 각 가구가 하나하나 기억났으며 각각의 가구 안에 들어있던 물건들이 기억났고 그 물건들의 세부 특징이 생각났으며 그 각각의 세부 특징에 대해서도 그것이 상감인지, 균열인지, 금이 간 가장자리인지 기억났고 그 색과 결 같은 것이 기억났기 때문이었다. 동시에 나는 내 물건 목록의 실마리를 잃지 않으려 애쓰면서 완벽한 일람표를 만들려고 애썼다. 그리하여 몇 주일이 지나자 내 방에 있는 것들을 하나하나 헤아리는 것만으로도 몇

주일을 보낼 수 있었다. 그런 식으로, 깊이 생각하면 할수록, 무시했던 것, 잊고 있었던 것들이 내 기억 속에서 더 많이 튀어나왔다. 그때 나는 단 하루만 살았던 사람이라도 별 어려움 없이 감옥 안에서 백 년을 지낼 수 있으리라는 것을 알았다. 그런 사람이라도 얼마든지 추억 거리가 있어 결코 따분하지 않을 것이다. 어떤 의미에서는 감옥이 지닌 이점이었다.

그밖에 잠 문제도 있었다. 나는 처음에는 밤에 잠을 잘 이루지 못했고 낮에는 전혀 잠을 자지 못했다. 조금씩 밤들이 괜찮아졌고 낮에도 잠을 잘 수 있었다. 최근 몇 달 동안은 매일 열여섯 시간에서 열여덟 시간을 잤다고 말할 수 있다. 그러니 식사와 생리적 욕구 해결, 회상과 체코슬로바키아 역사책을 읽으며 죽여야 할 시간은 여섯 시간이 남았을 뿐이었다.

짚 매트와 침대 판자 사이에서 나는 실상 거의 천에 달라붙다시피 한 누렇게 색이 바랜 투명한 낡은 신문 조각 하나를 발견했다. 사회면 기사였고 첫머리는 떨어져 나갔지만 체코슬로바키아에서 일어난 일인 것은 분명했다.

어떤 남자가 돈을 벌기 위해 체코의 한 마을을 떠났다. 25년 후 그는 부자가 되어 아내와 어린 자식을 데리고 돌아왔다. 그의 어머니는 그의 누이와 함께 그의 고향 마을에서 여관을 경영하고 있었다. 어머니와 누이를 놀라게 해줄 생각으로 그 남자는 아내와 아이를 다른 거처에 놔두고 어머니의 집으로 갔다. 어머니는 그를 알아보지 못했다. 그는 장난삼아 방을 하나 빌리겠다는 생각을 했다. 그는 자신이 지닌 돈을 보여주었다. 밤이 되자 그의 어머니와 누이가 돈을 훔치려고 그를 망치로 때려죽이고 시체를 강에 던졌다. 아침이 되자 아내가 와서 아무 사실도 모른 채 여행객의 신분을 밝혔다. 어머니는 목을 매달았고 누이는 우물에 몸을 던졌다. 나는 이런 이야기를 수천 번도 더 읽었을 것이다. 한편으로는 있을 법하지 않으면서 다른 한편으로는 자연스러운 이야기였다. 어쨌든 여행객은 어느 정도 자업자득이었고 함부로 장난을 칠 일이 아니라고 나는 생각했다.

이렇게 잠을 자고 회상을 하면서, 신문 사회면을 읽으면서, 빛과 어둠이 교대하면서 시간이 지나갔다. 감옥에서는 결국 시간의 개념을 잊게 되고 만다는 글을 분명히 읽은 적이 있다. 하지만 내게는 그것이 별 의미가 없었다. 나는 나날이 어느 점에서 길면서 동시에 짧을 수도 있는지 이해할 수 없었던 것이다. 분명히 살아가기에는 길다. 하지만 하도 늘어나다 보면 날들은 서로서로 넘쳐흐르게 된다, 하루하루는 거기서 자신의 이름을

제2장

115

잃는다. 오로지 어제와 내일이라는 단어만이 내게는 그 의미를 지니고 있을 뿐이었다.

어느 날 간수가 내가 이곳에 온 지 다섯 달이 되었다고 말했을 때 나는 그의 말을 믿긴 했지만 그 말을 이해할 수는 없었다. 내게는 매일 같은 날이 감방 안에서 펼쳐지고 있었고 나는 매일 같은 일을 계속하고 있었던 것이다. 그날 간수가 떠나자 나는 양철 식기에 비친 내 모습을 들여다보았다. 내가 식기 속 내 모습에 미소를 지으려고 애를 쓸 때도 내 이미지는 여전히 심각하게 남아 있는 것처럼 여겨졌다. 나는 그것을 내 앞에서 흔들어 보았다. 나는 웃었지만 그 이미지는 여전히 심각하고 슬퍼 보였다. 날이 저물고 있었고 그 시간은 내가 그에 대해 이야기하고 싶지 않은 시간이었으며 이름이 없는 시간, 침묵의 행렬 속에서 감옥의 모든 층으로부터 저녁 소음이 올라오는 시간이었다. 나는 천창으로 다가가서 마지막 빛으로 다시 한번 내 이미지를 들여다보았다. 그 모습은 여전히 심각했다. 하지만 그 순간은 나 역시 심각했으니 놀라울 게 뭐 있겠는가? 그런데 동시에, 그리고 몇 달 만에 처음으로 나는 분명히 내 목소리를 들었다. 나는 그 목소리가 벌써 오래전부터 내 귀에 울리던 소리임을 알아차렸고, 그동안 내내 내가 혼자 말을 했다는 것을 깨달았다. 그러자 엄마 장례식에서 간호사가 해주었던 말이 생각났다. 그렇다, 달리 어쩔 도리가 없었다. 그리고 감옥 안에서는 저녁이 어떤지 그 누구도 상상할 수 없다.

제3장

　사실상 여름이 재빠르게 여름을 대체했다고 나는 말할 수 있다. 나는 첫 더위의 시작과 함께 뭔가 새로운 일이 내게 일어나리라는 것을 알고 있었다. 내 사건은 중죄 재판소의 마지막 개정기(開廷期)에 다루어지기로 일정이 잡혀 있었고 그 개정기는 6월에 끝날 예정이었다. 심리는 바깥이 햇볕으로 충만해 있을 때 시작되었다. 내 변호사는 심리는 이삼일 정도면 끝날 것이라고 장담한 후 덧붙였다.

　"게다가 당신 사건이 이번 개정기에 가장 중요한 게 아니니 서둘러 재판을 진행할 겁니다. 당신 사건에 이어서 존속 살해 사건 심의가 열리게 되어 있습니다."

　아침 7시 30분에 그들이 나를 찾아왔고 호송차가 나를 법원으로 실어 갔다. 두 명의 경관이 나를 어두컴컴한 작은 방으로 들여보냈다. 우리는 문 가까이 앉아 기다렸다. 문 뒤에서 말하는 소리, 호명 소리, 의자 소리 등 온갖 소란스러운 소리가 들렸다. 마치 동네 축제에서 연주회가 끝난 뒤 무도회를 열기 위해 홀을 정리할 때 나는 소리 같았다. 경관들은 재판이 시작될 때까지 기다려야 한다고 말했고, 그중 한 명이 내게 담배를 권했으나 나는 사양했다. 잠시 후 그가 내게 '겁이 나느냐'고 물었다. 나는 아니라고 대답했다. 게다가 어떤 의미로는 재판을 구경하는 것이 내게는 흥미가 있었다. 내 생애 그것을 볼 기회가 단 한 번도 없었던 것이다. 그러자 두 번째 호송 경관이 말했다.

"그렇긴 해요. 하지만 결국은 지칠 거요."

잠시 후 방안에 작은 벨 소리가 울렸다. 그러자 그들이 내 수갑을 풀어주었다. 그들은 문을 열고 나를 피고석 안으로 들여보냈다. 법정은 초만원이었다. 블라인드를 쳐 놓았음에도 불구하고 햇볕이 이곳저곳으로 스며들었고 공기는 숨이 막힐 지경이었다. 창문은 닫혀 있었다. 나는 자리에 앉았고 경관들이 나의 좌우에 자리 잡았다. 바로 그 순간 나는 내 앞에 열을 지어 앉아 있는 얼굴들을 알아보았다. 모두 나를 바라보고 있었다. 나는 그들이 배심원임을 알 수 있었다. 하지만 나는 그들을 각각 구별 지어 말할 수 없었다. 나는 단 한 가지 인상만을 받았다. 말하자면 나는 전차의 긴 의자 앞에 있는 것과 같았고 거기 앉은 익명의 승객들이 조롱거리를 찾으려고 새로 전차에 탄 승객을 이리저리 훑어보는 것과 같았다. 나는 그것이 어리석은 생각이라는 것을 잘 안다. 그들이 찾아내려는 것은 조롱거리가 아니라 범죄였다. 하지만 그 차이는 별로 크지 않았으며, 어쨌든 당시 내 머리에 떠오른 것은 그런 생각이었다.

나는 배심원뿐 아니라 이 닫힌 방에 있는 모든 사람 때문에도 좀 어리둥절해졌다. 나는 법정 안을 둘러보았지만 그 어떤 얼굴도 분간해 낼 수 없었다. 처음에 나는 이 모든 사람이 나를 보기 위해 모였다는 사실을 깨닫지 못했던 것 같다. 평소에 사람들은 내게 별로 관심을 기울이지 않았다. 내가 이 모든 소란의 원인이라는 것을 이해하기 위해서는 노력이 필요했다. 내가 경관에게 말했다.

"웬 사람이 이렇게 많지요!"

그는 신문 때문이라고 말하면서 배심원석 아래 책상 앞에 자리 잡고 있는 한 무리의 사람들을 가리켰다. 그가 "저기들 있네"라고 말했다.

"누구 말입니까?" 내가 물었다.

"신문 기자들 말이오." 그가 되풀이했다.

그는 기자 중 한 명을 알고 있었다. 그 순간 그 기자가 그를 보았고 그가 우리에게로 왔다. 벌써 나이가 꽤 든 사람이었고 약간 찡그린 표정이었지만 호감이 가는 인상이었다. 그는 아주 열렬하게 경관과 악수를 했다. 나는 그 순간 이곳에 모인 사람들이 서로 만나서 서로를 부르고 서로 대화하고 있다는 것을 알아차렸다. 마치 클럽에서 동류의 사람들과 다시 어울리게 되어서 기뻐하는 것 같았다. 그리고 나는 내가 마치 어느 정도 침입자처럼 잉여적인 존재 같다는 이상한 느낌에 젖어 있음을 깨달았다. 하지만 기자는 웃으며 내게 말을 걸었다. 그는 내 쪽에 유리하게 모든 일이 잘되기를 바란다고 내게 말했다. 내가 그에게 고맙다고 하자 그가 덧붙였다.

"아시다시피 우리는 당신 사건을 좀 크게 다뤘어요. 신문 입장에서 여름은 좀 한산한 계절이거든요. 기삿거리가 될 만한 거라고는 당신 사건과 존속 살해 사건밖에 없었어요."

이어서 그는 조금 전에 떠나온 무리 가운데 엄청나게 큰 검은 테 안경을 쓰고 살찐 족제비처럼 생긴 키 작은 사내를 가리켰다. 그는 내게 그가 파리의 한 신문사 특파원이라고 말했다.

"하기야 당신 때문에 이곳에 온 건 아닙니다. 하지만 존속 살해 사건을 취재하는 김에 당신 사건 기사도 함께 전송하라는 명령을 받은 거지요."

나는 하마터면 그에게 고맙다고 할 뻔했다. 하지만 그건 우스꽝스러운 짓이리라고 생각했다. 그는 내게 다정한 손짓을 살짝 하고는 우리 곁을 떠났다. 우리는 다시 몇 분간 기다렸다.

나의 변호사가 법복 차림으로 다른 많은 동료와 함께 도착했다. 그는 기자들에게로 가서 악수했다. 그들은 농담하고 웃었으며 아주 편안한 모습이었다. 이윽고 벨이 법정 안에 울리자 모두 제자리로 돌아갔다. 내 변호사가 내게로 왔다. 그는 내게 악수하더니 주어지는 질문에 짧게 대답하고 먼저 나서지 말라고, 나머지는 모두 자신에게 맡기라고 충고했다.

내 왼쪽에서 의자를 뒤로 미는 소리가 들리더니 붉은 옷을 입고 코안경을 낀 야윈 사내가 공들여 법복을 여미며 자리에 앉는 모습이 보였다. 검사였으며 정확한 직급은 차석 검사였다. 서기가 개정을 알렸다. 동시에 거대한 선풍기가 윙윙 돌아가기 시작했다. 두 명은 검은 옷을 입고 한 명은 붉은 옷을 입은 세 명의 판사가 서류를 들고 들어오더니 빠른 걸음으로 법정을 내려다보고 있는 단상으로 걸어갔다. 붉은 옷을 입은 남자가 중앙의 안락의자에 앉더니 법관 모자를 벗고 손수건으로 작은 대

머리를 닦은 다음 재판 개시를 선언했다.

기자들은 이미 만년필을 손에 잡고 있었다. 그들은 모두 한결같이 무심하고 약간 비웃는 듯한 표정이었다. 그런데 그들 중 회색 플란넬 정장에 푸른 넥타이를 맨 매우 젊은 사람 한 명이 만년필을 내려놓고 나를 바라보고 있었다. 약간 균형이 잡히지 않은 그의 얼굴에서 내게는 아주 맑은 두 눈밖에 보이지 않았다. 그 눈은 나를 유심히 살펴보고 있었지만 어떤 명확한 감정을 드러내지는 않고 있었다. 나는 마치 내가 나 자신에 의해 관찰되고 있다는 기묘한 인상을 받았다. 아마 그 때문에, 또한 내가 그곳의 관행을 잘 모르고 있었기 때문에, 이어서 벌어진 모든 일, 즉 배심원 추첨, 재판장이 변호사와 검사와 배심원에게 던진 질문,—질문을 받을 때마다 모든 배심원의 머리가 재판장석으로 동시에 돌아갔다—빠른 기소장 낭독,—나는 기소장 속 지명과 인명들을 알아들을 수 있었다—이어서 변호사를 향한 새로운 질문들을 내가 잘 이해할 수 없었을 것이다.

그런데 재판장이 증인 소환 절차를 시작하겠다고 말했다. 정리(廷吏)가 사람들 이름을 불렀고 나는 그 이름에 주의가 끌렸다. 조금 전까지 무질서하던 방청객들 가운데서 호명받은 사람이 한 명씩 일어나 옆문을 통해 사라지는 것이 보였다. 양로원 원장과 수위, 토마 페레 영감, 레몽, 마송, 살라마노, 마리 등이었다. 마리는 내게 걱정스러운 눈짓을 보냈다. 나는 진작 그들의 모습을 알아보지 못했다는 사실에 놀라고 있었다. 마지막으로 셀레스트의 이름이 불리고 그가 자리에서 일어났다. 나는 그의 곁에서 셀레스트네 식당에서 마주 앉았던 동작이 정확하고 절도 있던 작고 귀여운 여인이 재킷을 입고 있는 모습을 알아볼 수 있었다. 그녀는 뚫어지게 나를 바라보고 있었다. 하지만 재판장이 말을 시작했기에 깊이 생각해볼 겨를이 없었다. 재판장은 본격 심리가 시작될 것이며 방청객들에게 정숙해 달라고 부탁하는 건 쓸데없는 짓이라고 말했다. 그에 의하면 자기는 사건을 객관적인 눈으로 보고 공정하게 심리를 진행하기 위해 그 자리에 있다는 것이었다. 그는 배심원의 평결은 정의의 정신에 입각해 내려져야 하며 자그마한 사고라도 있으면 그 어떤 경우라도 방청객들을 퇴장시킬 것이라고 말했다.

더위는 점점 더 심해졌고 방청객들이 신문으로 부채질하는 모습이 보였다. 그 때문에 구겨진 종이에서 계속 작은 소리가 났다. 재판장이 손짓을 하자 정리가 밀짚으로 만든 세 개의 부채를 가져왔고 세 명의 판사는 즉시 부채를 사용했다.

곧 나에 대한 심문이 시작되었다. 재판장은 내게 부드럽게,

심지어 상냥하다는 느낌까지 드는 듯한 어조로 질문했다. 그가
다시 내 신원을 확인했기에 귀찮기는 했지만 사실은 아주 당연
한 일이라고 나는 생각했다. 어떤 사람을 다른 사람으로 잘못
알고 재판한다면 그건 너무나 심각한 일일 것이기 때문이었다.
이어서 재판장은 내가 했던 일에 대해 다시 이야기하기 시작했
는데 세 문장마다 내게 "맞습니까?"라고 물었다. 나는 그럴 때
마다 변호사의 지시에 따라 "예, 그렇습니다, 재판장님"이라고
대답했다. 재판장이 자신의 이야기에 아주 세심하게 공을 들이
고 있었기에 시간이 오래 걸렸다. 그 시간 내내 기자들은 열심
히 받아 적고 있었다. 그들 중 특히 가장 젊은 기자와 자동인형
같은 작은 여자의 시선이 느껴졌다. 전차의 긴 좌석 같은 곳에
앉은 사람들의 시선은 온통 재판장을 향하고 있었다. 재판장은
기침을 하고 서류를 뒤지더니 부채질을 하면서 내게로 눈길을
돌렸다.

그는 내게 이제부터 내 사건과 무관해 보이지만 아주 밀접한
연관이 있을지 모를 질문들을 하겠다고 말했다. 나는 그가 엄
마에 대해 이야기하리라는 것을 알아차렸고 동시에 정말 귀찮
으리라고 느꼈다. 그는 왜 엄마를 양로원에 모셨느냐고 물었다.
나는 어머니를 부양하고 간병할만한 돈이 없었기 때문이라고

대답했다. 그는 내게 그 일 때문에 개인적으로 가슴이 아팠냐고 물었다. 나는 엄마나 나나 서로에게 기대하는 것이 없었고 그 누구에게건 기대하는 것이 없었다고, 우리 둘 다 우리의 새로운 삶에 익숙해졌다고 대답했다. 재판장은 더 이상 그 문제에 대해 논의하지 않겠다고 말한 후 검사에게 다른 질문이 없느냐고 물었다.

검사는 내게서 반쯤 등을 돌리고 나를 바라보지도 않은 채 재판장이 허락해주신다면 내가 아랍인을 죽일 생각에 홀로 샘가로 갔는지 알고 싶다고 말했다.

"아닙니다"라고 나는 말했다.

"그렇다면 저 사람은 왜 무기를 지니고 있었고, 왜 바로 그 장소로 되돌아갔던 것일까요?"

나는 그건 우연이라고 말했다. 그러자 검사가 신랄한 어조로 말했다.

"지금은 거기까지만 하겠습니다."

이후 모든 것이 혼란스러웠다. 최소한 내게는 그랬다. 이어서 잠시 협의가 있었고 재판장은 잠시 휴정한 뒤 오후에 증인 신문을 하겠다고 선언했다.

나는 깊이 생각해볼 시간이 없었다. 나는 끌려 나와 호송차에 실려 감옥으로 갔고 그곳에서 식사를 했다. 아주 짧은 시간, 그러니까 내가 피곤하다는 것을 겨우 느낄만한 시간이 지났을 때 그들이 다시 나를 데리러 왔다. 모든 것이 다시 시작되었고 나는 같은 법정, 같은 얼굴들 앞에 앉았다. 오직 더위만이 더욱 심해져 있었고 마치 기적이라도 일어난 듯 배심원들, 검사, 내 변호사, 몇몇 기자가 밀짚 부채를 들고 있었다. 젊은 기자와 작은 여자도 여전히 거기에 있었다. 하지만 그들은 부채질을 하지 않았고 여전히 아무 말 없이 나를 다시 바라보고 있었다.

나는 얼굴에 흐르는 땀을 닦았다. 나는 양로원 원장을 호출하는 소리를 듣고서야 비로소 내가 어디 있는지, 내가 어떤 처지에 있는지 조금이나마 의식을 되찾을 수 있었다. 엄마가 내게 불평하더냐는 질문에 그는 그렇다고 대답한 뒤 하지만 양로원 재원자들이 친척들에 대해 불평을 늘어놓는 것은 그들의 야릇한 버릇 같은 것이라고 말했다. 재판장은 원장에게 내가 엄마를 양로원에 넣은 것에 대해 엄마가 나를 비난했는지 명확히 밝히라고 말했고 원장은 그렇다고 대답했다. 하지만 이번에는 아무 말도 덧붙이지 않았다. 다른 질문에 대해 원장은 장례식 날 내가 덤덤한 것을 보고 놀랐다고 말했다. 덤덤하다는 것이 무슨 의미냐는 질문에 원장은 자신의 구두 끝을 바라보며 내가 엄마를 보려 하지도 않았고 단 한 번도 눈물을 흘리지 않았으며 장례식이 끝난 후 묵도도 드리지 않은 채 곧바로 떠나버렸다고 말했다. 그는 또 한 가지 놀란 일이 있다고 했다. 장의사 직원의 말에 의하면 내가 엄마 나이도 모른다고 했다는 것이었다. 잠시 침묵이 흐른 뒤에 재판장이 원장에게 지금 한 말이 분명히 나에 대해서 한 말이냐고 물었다. 원장이 질문의 뜻을 이해하지 못하자 재판장이 말했다.

"법 절차상 묻는 겁니다."

이어서 재판장은 차석 검사에게 증인에게 더 물을 것이 없느냐고 물었고 검사는 내 쪽을 향해 의기양양한 시선을 던지며 큰 소리로 "없습니다! 그것으로 충분합니다"라고 외쳤다. 나는 그의 외침과 시선을 받고 몇 년 만에 처음으로 울고 싶다는 바보 같은 충동을 느꼈다. 이곳의 모든 사람이 나를 미워하고 있다는 것을 느꼈기 때문이었다.

배심원단과 나의 변호사에게 질문이 없는지 물은 후에 재판장은 수위의 증언을 들었다. 다른 모든 사람의 경우와 마찬가지로 그에게도 같은 절차가 되풀이되었다. 증인석에 도착하는 순간 그는 나를 바라보더니 눈길을 돌렸다. 그는 자신에게 주어진 질문에 대답했다. 그는 내가 엄마를 보려 하지 않았다고 말했고 내가 담배를 피웠으며 잠을 잤고 밀크커피를 마셨다고 말했다. 그러자 나는 법정 전체가 뭔가 격앙되는 듯한 기분을 느꼈고 내가 죄인이라는 것을 처음으로 깨달았다. 수위는 밀크커피와 담배 이야기를 다시 해보라는 요구에, 반복해서 그 이야기를 했다. 차석 검사는 눈에 비웃는 기색을 띠고 나를 바라보았다. 그 순간 내 변호사가 수위에게 그도 나와 함께 담배를 피우지 않았느냐고 물었다. 그러자 검사가 벌떡 일어나 이 질문에 대해 격렬하게 이의를 제기했다.

"지금 도대체 누가 죄인입니까? 검사 측 증인을 흠집 내어 증언을 과소평가하게 만든다는 게 도대체 말이 됩니까? 그렇더라도 그 증언이 결정적이라는 사실에는 변함이 없습니다."

하지만 재판장은 수위에게 변호사의 질문에 대한 답변을 요구했다. 노인은 당황한 표정으로 "제가 잘못했다는 것은 알고 있습니다. 하지만 저 양반이 권한 담배를 감히 거절할 수 없었습니다"라고 대답했다. 끝으로 내게 더 덧붙일 말은 없느냐고 묻기에 나는 대답했다.

"증인의 말이 옳다는 것 외에는 없습니다. 제가 저 사람에게 담배를 권한 게 사실입니다."

그러자 수위는 약간의 놀라움과 일종의 감사의 뜻이 담긴 눈

초리로 나를 바라보았다. 그는 잠시 망설이더니 커피는 자기가
내게 권했다고 말했다. 내 변호사는 의기양양해서 배심원들에
게 그 점을 참작해 달라고 말했다. 그러자 검사가 우리 머리 위
로 벼락같이 외쳤다.

"예, 그럼요, 배심원들께서 참작해 주셔야지요. 그리고 배심
원들께서는 아무런 상관없는 남이야 커피를 권할 수도 있겠지
만 아들의 처지에서는 자기에게 생명을 준 분의 시신 앞에서
그럴 수는 없다고 결론 내리시겠지요."

수위는 자신의 자리로 돌아갔다.

토마 페레의 차례가 되자 정리(廷吏) 한 명이 그를 증인석까
지 부축해야 했다. 그는 자신이 나의 어머니와 각별한 친분이
있었으며 장례식 날 나를 딱 한 번밖에 보지 못했다고 말했다.
그는 내가 그날 무엇을 했느냐는 질문에 이렇게 대답했다.

"이해하시겠지만 저 자신은 너무 마음이 아팠습니다. 그래서
아무것도 보지 못했습니다. 너무 슬퍼서 아무것도 보이지 않았
습니다. 제게는 너무 큰 슬픔이었기 때문입니다. 게다가 저는
기절까지 했었습니다. 그래서 저 사람을 보지 못했습니다."

그러자 검사가 그에게 내가 우는 모습이라도 보았느냐고 물
었다. 페레는 보지 못했다고 대답했다. 그러자 검사가 말했다.

"배심원 여러분은 이 점을 고려해주시기 바랍니다."

그러자 내 변호사가 화를 냈다. 그는 내가 보기에 좀 과장되어 보이는 어투로 페레에게 물었다.

"혹시 내가 울지 않는 건 보았습니까?"

페레가 아니라고 대답했고 방청객은 웃음을 터뜨렸다. 그러자 내 변호사는 한쪽 소매를 걷어붙이면서 단호한 어조로 말했다.

"이게 바로 이 재판의 모습입니다. 모든 것이 사실이면서 사실인 것은 아무것도 없습니다!"

검사는 무표정한 얼굴인 채 소송 서류의 제목을 연필로 콕콕 찍고 있었다.

5분간의 휴정 후에 피고 측 증인으로 나온 셀레스트의 심문이 있었다. 휴정 중 변호사는 내게 모든 게 다 잘되어간다고 말했다. 피고 측이란 바로 나를 말하는 것이었다. 셀레스트는 이따금 내 쪽으로 시선을 던지면서 손으로 파나마모자를 돌리고 있었다. 그는 새 옷을 입고 있었는데 일요일이면 가끔 나와 함께 경마장에 갈 때 입곤 하던 옷이었다. 하지만 단지 구리 단추 하나로 셔츠를 잠근 것으로 보아 깃을 달 수 없었던 것 같았다. 내가 그의 식당 고객이었느냐는 질문에 그는 대답했다.

"그렇습니다. 하지만 친구이기도 했습니다."

나를 어떻게 생각하느냐는 물음에 그는 내가 사내다운 사람
이라고 대답했다. 그게 무슨 뜻이냐고 묻자 그는 누구나 그게
무슨 뜻인지 알고 있다고 대답했다. 내가 폐쇄적인 성격인 것
을 알아차리고 있었느냐는 질문에 그는 내가 쓸데없는 말을 하
지 않는 사람이라는 것만은 인정한다고 말했다. 차석 검사가
내가 식비를 어김없이 치렀느냐고 그에게 물었다. 셀레스트는
웃으며 말했다.

　"그건 우리 두 사람 사이의 사사로운 일입니다."

　이어서 그는 내 범죄에 대해 어떻게 생각하느냐는 질문을 받
았다. 그러자 그는 증언대 위에 손을 올려놓았다. 뭔가 할 말을
준비해온 것 같았다. 그가 말했다.

　"제게는 그건 불행한 일입니다. 불행, 그것이 무엇인지 모든
사람이 다 압니다. 그건 무방비 상태로 당할 수밖에 없는 것입
니다. 그렇습니다! 제게 그것은 불행입니다."

　그는 이야기를 계속하려 했으나 재판장이 그를 제지하며 그
만하면 충분하다고, 고맙다고 말했다. 그러자 셀레스트는 약간
당황한 듯했다. 하지만 그는 할 말이 더 있다고 했다. 간단히 말
하라는 요청에 그는 그것은 불행이라고 되풀이 말했다. 그러자
재판장이 그에게 말했다.

"네, 잘 알았습니다. 그런데 우리는 바로 그런 류의 불행을 재판하기 위해 여기 있는 것입니다. 감사합니다."

그러자 셀레스트는 마치 성심성의껏 최선을 다하려 했으나 어쩔 수 없었다는 듯 나를 향해 고개를 돌렸다. 눈이 반짝이고 있는 것 같았고 입술이 떨리고 있는 것 같았다. 마치 나를 위해 자기가 할 수 있는 게 무엇인지 내게 묻고 있는 것 같은 표정이었다. 나는 아무런 말도 하지 않았고 아무런 동작도 취하지 않았지만 내 생애 처음으로 한 사내에게 입을 맞추고 싶은 충동을 느꼈다. 재판장은 그에게 증인석에서 내려갈 것을 재차 명했다. 셀레스트는 법정 방청석에 가서 앉았다. 그는 재판 내내 몸을 앞으로 약간 기울이고 무릎 위에 팔꿈치를 괸 채, 파나마모자를 두 손으로 잡고 오가는 모든 이야기를 경청했다.

마리가 들어섰다. 모자를 쓰고 있었고 여전히 아름다웠다. 하지만 나는 그녀가 머리를 풀어놓았을 때가 더 좋았다. 내가 앉아 있는 자리에서도 그녀의 봉긋한 젖가슴의 무게를 어림할 수 있었고 약간 도톰한 아랫입술을 알아볼 수 있었다. 그녀는 몹시 긴장해 있는 것 같았다. 곧이어 그녀에게 언제부터 나를 알고 지냈느냐는 질문이 던져졌다. 그녀는 그녀가 우리 회사에서 일하던 때를 적시했다. 재판장은 그녀와 나의 관계에 대해 알고 싶다고 했다. 그녀는 내가 그녀의 남자 친구라고 대답했다. 다른 질문에 대해 그녀는 나와 결혼하게 되어 있는 게 사실이라고 대답했다. 서류를 뒤적이던 검사가 불쑥 우리의 애정 관계가 언제부터 시작되었냐고 물었다. 마리가 그 날짜를 댔다. 그러자 검사는 그날이 바로 엄마가 죽은 다음 날인 것 같다고 짐짓 무심한 표정으로 지적했다. 이어서 그는 약간 비꼬는 말투로 그런 미묘한 상황에 대해 더 캐묻고 싶지는 않다, 마리가 꺼리는 것도 잘 이해한다, 하지만—이 부분에서 그의 목소리가 한결 준엄해졌다—자신의 의무 때문에 부득이 결례를 범할 수밖에 없다고 말했다. 그런 후 검사는 내가 그녀와 관계를 맺던 날에 대해 간략히 말해 달라고 그녀에게 요구했다. 마리는 말하고 싶어 하지 않았지만 검사의 강요에 의해 우리가 해수욕 갔던 일, 영화 구경을 갔던 일, 그리고 내 집으로 돌아왔던 일에 대해 이야기했다. 검사는 예심에서 마리의 진술을 듣고 그날 영화 프로그램을 조사해 보았다고 말했다. 이어서 그는 마리 입으로 직접 그때 무슨 영화가 상영되고 있었는지 말해달라고 요구했다. 마리는 정말이지, 거의 질린 목소리로 그것은 페르낭델 주연 영화였다고 말했다. 그녀의 진술이 끝났을 때 법정 안은 쥐 죽은 듯 조용했다. 그러자 검사가 일어나더니 아주 심각한 표정으로, 그리고 내가 보기에도 정말로 감동적인 목소리로 내게 손가락질을 하며 천천히, 또박또박 말했다.

"배심원 여러분, 어머니가 세상을 떠나신 바로 다음 날, 이 남자는 해수욕을 하고 부정한 관계를 맺기 시작했으며 코미디 영화를 보며 희희낙락했습니다. 여러분께 더 이상 드릴 말씀이 없습니다."

여전히 침묵이 흐르는 가운데 그는 자리에 앉았다. 그런데 갑자기 마리가 울음을 터뜨리며, 그런 게 아니다, 다른 게 있다, 강요에 의해 자신이 생각하는 것과는 반대되는 말을 한 것이다, 나를 잘 알고 있으며 나는 나쁜 짓은 한 번도 한 적이 없다고 말했다. 하지만 재판장의 신호에 따라 정리가 그녀를 데려갔고 재판은 이어졌다.

뒤이어 마송이 나와서 나는 올곧은 사람이며 덧붙이자면 정직한 사람이라고 말했으나 사람들은 거의 듣지 않았다. 이어서 살라마노가 내가 그의 개를 잘 대해주었다고 회상할 때도, 나의 어머니와 나에 대한 질문에 대해, 내가 엄마와 더 이상 할 말이 없었고 그 때문에 엄마를 양로원에 보내게 되었다는 말을 들었다고 했을 때도 사람들은 거의 듣지 않았다. 살라마노는 "이해해야 합니다. 이해해야 해요"라고 말했지만 아무도 이해하는 것 같지 않았다. 정리가 그를 데리고 나갔다.

　이어서 마지막으로 레몽의 차례였다. 그는 내게 살짝 손짓을 하더니 이어서 내가 무죄라고 말했다. 하지만 재판장은 그에게 요구되는 것은 판단이 아니라 사실이라고 말했다. 그는 레몽에게 질문을 기다렸다가 답변하라고 요구했다. 레몽은 자신이 피해자와 어떤 관계인지 정확히 밝혀달라는 요구를 받았다. 레몽은 그 기회를 이용해서 자신이 피해자 누이의 뺨을 때린 다음부터 피해자가 미워한 것은 바로 자기 자신이라고 말했다. 하지만 재판장은 그에게 피해자가 나를 미워할 이유는 없었느냐고 물었다. 레몽은 내가 해변에 있게 된 것은 우연의 결과였다고 말했다. 그러자 검사가 어떻게 해서 이 사태의 발단이라고 할 수 있는 편지를 내가 쓰게 되었느냐고 물었다. 레몽은 그건 우연이었다고 말했다. 그러자 검사는 우연이라는 놈이 이 사건에서 양심에 어긋나는 짓을 벌써 여러 번 저질렀다고 반박했다. 그는 레몽이 자기 정부의 뺨을 때렸을 때 내가 개입하지 않은 것도 우연이었는지, 내가 경찰서에 가서 증언한 것도 우연이었는지, 그때의 내 증언이 순전히 증인에 대한 배려에서 나온 행동으로 밝혀진 것도 우연인지 알고 싶다고 말했다. 마지막으로 검사가 레몽에게 생계 수단이 무엇이냐고 묻자 그는

"창고관리인"이라고 대답했다. 그러자 차석 검사는 배심원들에게 증인이 기둥서방 노릇으로 살아가고 있다는 것은 널리 알려진 사실이라고 선언하듯 말했다. 나는 그와 공모자이며 친구라는 것이었다. 지금 가장 저속한 족속들의 천박한 드라마를 다루고 있으며 게다가 도덕적 괴물들과 마주하고 있는 만큼 상황이 더욱더 심각하다는 것이었다. 레몽은 자신을 변호하려 했고 변호사도 항의했지만 재판장은 검사에게 마저 말을 하라고 했다. 검사가 레몽에게 말했다.

"더 이상 덧붙일 것이 별로 없습니다. 저 사람이 당신 친구입니까?"

레몽이 대답했다.

"그렇습니다. 친한 친구였습니다."

그러자 검사가 내게 같은 질문을 던졌고 나는 레몽을 바라보았다. 그는 시선을 돌리지 않았다. 나는 "그렇습니다"라고 대답했다. 그러자 검사는 배심원석을 향해 선언하듯 말했다.

"자기 어머니가 돌아가신 바로 그다음 날 가장 부끄러운 방탕 행위에 몸을 맡겼던 바로 그 사람이 하찮은 이유로, 또한 언어도단의 풍기 문란 사건에 종지부를 찍기 위해 살인을 한 것입니다."

그런 후 그는 자리에 앉았다. 그러자 참다못한 내 변호사가 팔을 들어 올리며 고함을 질렀고 그 때문에 소매가 흘러내리면서 풀 먹인 셔츠의 주름이 드러났다.

"아니, 피고인이 어머니 장례식을 치렀기 때문에 기소된 겁니까, 아니면 사람을 죽였기에 기소된 겁니까?"

방청객이 웃음을 터뜨렸다. 그러나 검사는 자리에서 다시 일어나더니 법복을 바로 여미면서 존경하는 변호사처럼 순진무구한 사람이 아니고서는 이 두 사건 사이에 비장하면서도 근본적인 깊은 연관이 있다는 사실을 느끼지 못할 사람은 아무도 없다고 말했다. 이어서 그가 힘주어 외쳤다.

"그렇습니다. 나는 범죄자의 마음으로 자기의 어머니 장례식을 치른 이 남자를 고발합니다."

이 선언은 청중들에게 대단한 효과를 발휘한 것 같았다. 내 변호사는 어깨를 으쓱하더니 이마를 덮고 있는 땀을 닦았다. 하지만 그도 동요한 듯이 보였고 나는 사태가 내게 불리한 쪽으로 흘러간다는 것을 깨달았다.

공판이 끝났다. 법원을 나서서 버스에 오르면서 나는 짧은 순간 여름날 저녁의 냄새와 색깔을 느꼈다. 굴러가는 감옥의 어둠 속에서 나는 내가 좋아했던 한 도시의 친근한 소리들을, 내 마음에 만족감을 불러일으키던 그 시간대의 친근한 소리들을 마치 내 피곤의 저 밑바닥에서 찾아내듯 하나하나 되찾을 수 있었다. 이미 부드러워진 대기 속에 울려 퍼지는 신문팔이들의 외침, 공원에서 들리는 마지막 새소리, 샌드위치 상인의 호객 소리, 도시 고지대 커브 길에서 나는 전차 마찰음, 그리고 밤이 항구 위에 내려앉기 전에 들리는 하늘의 웅성거림, 내가 감옥에 들어가기 전에 잘 알고 있던 그 모든 것이 이제 내게 마치 소경이 길을 더듬는 것처럼 재구성되었다. 그렇다, 그것은 아주 오래전 내가 만족감을 느꼈던 그런 시간이었다. 그때 나를 기다리고 있던 것, 그것은 언제나 꿈 없는 가벼운 잠이었다. 그렇지만 이제 뭔가 변했다. 다음 날을 향한 기다림과 함께 내가 되찾은 것이 나의 감방이었기 때문이다. 마치 여름날 하늘에 새겨진 익숙한 길들이 결백한 잠으로 이어질 수 있는 만큼 감옥으로도 이어질 수 있는 것처럼.

제3장

139

제4장

비록 피고석에 앉아서일지라도 자기 자신에 대한 이야기를 듣는 것은 언제나 흥미로운 일이다. 검사의 논고와 내 변호사의 변론이 오가는 동안 그들은 나에 대해 많은 이야기를 했다고 할 수 있을 것이며 아마도 내 범죄보다는 나 자신에 대해 더 많은 말을 했을 것이다. 게다가 그들의 논고와 변론이 그렇게 다른 것이었는가? 변호사는 팔을 들어 올리며 범죄를 인정하되 변명을 했다. 검사는 손가락질을 하며 유죄임을 주장했지만 변명의 여지를 주지 않았을 뿐이다. 그런데 나로서는 한 가지 약간 답답한 게 있었다. 상당히 조심하고 있었음에도 불구하고 때로는 내가 끼어들고 싶을 때가 있었다. 그러면 나의 변호사가 말했다.

"가만있어요. 그래야 더 유리합니다."

어떤 면에서는 그들은 나를 제외하고 이 사건을 다루고 있는 것 같았다. 모든 것이 나의 개입 없이 진행되었다. 내 의견은 묻지도 않은 채 내 운명이 결정되고 있었다. 이따금 나는 모든 사람의 말을 가로막고 이렇게 말하고 싶었다.

'그런데 도대체 누가 피고입니까? 피고라는 것은 중요합니다. 그리고 내게도 할 말이 있습니다.'

하지만 잘 생각해보면 할 말이 아무것도 없었다. 게다가 사람들은 그 어떤 흥밋거리에 사로잡혔다가도 그것이 별로 오래가지 못한다는 것을 인정해야 한다. 예를 들어 검사의 논고는 금세 지루해졌다. 내게 충격을 주거나 흥미를 불러일으킨 것은 단편적인 말들, 몸짓들이었으며 전체와는 무관한 장광설 같은 것들이었다.

내가 제대로 이해했다면 검사의 핵심적인 생각은 내가 범죄를 미리 계획했다는 것이었다. 최소한 그는 그것을 증명하려 했다. 그는 스스로 이렇게 말했다.

"여러분, 내가 그것을 증명해 보이겠습니다. 그것도 이중으로 증명해 보이겠습니다. 첫째로 명명백백한 사실에 비추어, 다음으로는 범죄를 저지른 이 영혼의 심리 상태가 제공하는 어두컴컴한 조명 안에서 증명해 보이겠습니다."

그는 엄마의 죽음으로부터 출발해 사실들을 요약했다. 그는 나의 무감각, 엄마의 나이도 몰랐다는 사실, 장례식 다음 날 한 여자와 함께 해수욕을 갔던 일, 그녀와 함께 영화를, 그것도 페르낭델의 영화를 보았던 일, 마지막으로 마리와 함께 내 집으로 갔던 일들을 상기시켰다. 그 순간 나는 꽤 시간이 걸려서야 그의 말을 알아들을 수 있었다. 그가 '정부(情婦)'라는 표현을 썼기 때문이었다. 내게 그녀는 마리일 뿐이었다. 이어서 그는 레몽 이야기를 했다. 나는 사건을 보는 그의 방식이 여간 명석한 것이 아니라고 생각했다. 그가 한 말은 그럴듯했다. 나는 우선 레몽과 합의해서 그의 정부를 꾀어내는 편지를 썼다. 그리고 그녀를 품행이 의심스러운 남자의 손에 넘겨 부당한 취급을 받게 했다. 나는 해변에서 레몽의 상대들에게 시비를 걸었다. 레몽이 부상을 당했다. 나는 레몽에게 권총을 달라고 했다. 나는 그것을 사용할 목적으로 혼자 되돌아갔다. 나는 계획대로 아랍인을 쏘아 죽였다. 나는 기다렸다. 그리고 '일이 잘 처리되었는지 확인하기 위해' 네 발의 총알을 침착하고 확실하게, 어떤 의미로는 심사숙고 끝에 발사했다. 검사가 말했다.

"이상입니다, 여러분. 저는 여러분 앞에서 이 남자가 완전히 의도적으로 살인을 저지르게 된 사건의 경위를 말씀드렸습니다. 저는 이 점을 특히 강조하고 싶습니다. 왜냐하면, 이 사건은 일반적인 살인 사건이 아니며 정상 참작을 통해 죄의 경감이 가능할 수도 있는 우발적인 행동이 아니기 때문입니다. 이 사람은, 여러분, 이 사람은 지적(知的)입니다. 여러분은 그의 진술을 들으셨잖습니까? 그는 대답할 줄 압니다. 그는 말이 지닌 가치를 알고 있습니다. 그러니 자기가 무슨 일을 저지르는지 모르는 채 행동했다고 볼 수 없습니다."

귀를 기울이고 있던 내게 내가 지적(知的)이라는 말이 들렸다. 하지만 나는 보통의 사람에게는 장점이 될 수 있는 자질이 어떻게 죄인에게는 결정적으로 불리한 증거가 될 수 있다는 것인지 이해할 수 없었다. 최소한 그것이 내게 충격을 주었고 나는 한동안 검사의 말을 귀담아듣지 않았다. 얼마 후 다시 검사의 말이 귀에 들렸다.

"그가 후회하는 빛이라도 보였을까요? 그렇지 않습니다, 여러분. 예비 심리 과정에서 이 사람은 단 한 번도 자신의 가증스러운 행위를 뉘우치는 듯한 태도를 보인 적이 없습니다."

그 순간 그는 나를 향해 몸을 돌리더니 손가락으로 나를 가리키며 계속 위압적인 태도를 취했는데 나는 실상 그가 왜 그러는 것인지 이해할 수 없었다. 물론 분명히 그의 말이 옳다는 것을 나는 인정하지 않을 수 없었다. 나는 내 행동을 별로 후회하지 않았다. 하지만 그에 대해 그 정도로까지 증오심을 드러낸다는 사실이 놀라웠다. 나는 그에게 상냥하게, 거의 애정을 갖고, 나는 이제까지 그 무언가를 진정으로 후회하는 일은 없었으며 그럴 수 없었다고 설명하고 싶었다. 나는 늘 앞으로 일어날 일, 오늘의 일, 혹은 내일의 일에 사로잡혀 있었다. 물론 내가 처한 상황에서 누구에게도 그런 말투로 말할 수는 없었다. 내게는 애정을 보이거나 선의를 지닐 수 있는 권리가 없었다. 나는 다시 한번 귀를 기울였다. 검사가 나의 영혼에 대해서 말하기 시작했기 때문이었다.

그는 내 영혼에 관심을 기울였지만 아무것도 찾을 수 없었다고 배심원들을 향해 말했다. 그는 내가 사실상 영혼이라고는 조금도 지니고 있지 않았으며, 인간적인 면이라고는 전혀 없었고, 인간의 마음을 지켜주는 도덕적 원칙 같은 것은 나와는 거리가 멀었다고 말했다. 이어서 그는 덧붙였다.

"물론 그런 것을 두고 그를 비난할 수는 없을 것입니다. 그가 획득할 수 없던 것이 그에게 결핍되어 있다고 해서 우리가 불평할 수는 없습니다. 하지만 이 법정에서만큼은 '관용'이라는 소극적인 덕목이, 그것보다 어렵긴 하지만 더욱 고결한 '정의'라는 덕목으로 탈바꿈해야 합니다. 특히 지금 이 사람에게서 찾을 수 있는 마음속 공허가 사회를 궤멸시킬 수 있는 심연이 될 수도 있는 경우에는 더욱더 그렇습니다."

그가 엄마에 대한 내 태도를 언급한 것은 바로 그때였다. 그는 지난번 논고 중에 했던 말을 되풀이했다. 그런데 엄마를 향한 내 태도에 대한 발언이 나의 범죄에 대한 언급보다 훨씬 길었다. 그의 말이 어찌나 길었던지 마침내 나는 이 아침나절의 더위 외에는 더 이상 아무것도 느낄 수 없게 되었다. 최소한, 검사가 말을 멈추고 잠시 침묵한 후에 아주 낮고 아주 확신에 찬 어조로 다시 말을 시작할 때까지 계속 그런 상태였다.

"여러분, 바로 이 법정에서 내일 친부 살해라는 가장 끔찍한 범죄에 대한 재판이 열릴 것입니다."

그의 말에 의하면 이 잔인한 범죄 앞에서는 상상력도 뒤로 물러날 수밖에 없다는 것이었다. 그는 인간적 정의의 이름으로 가차 없는 처벌이 이루어지기를 감히 희망해본다고 말했다. 하지만 그는 그 범죄가 불러일으키는 공포도 나의 무감각 앞에서 느끼는 공포에는 미치지 못한다고 단호하게 말할 수 있다고 했다. 역시 그에 따르면 도덕적으로 어머니를 죽이는 사람은 자신의 생명을 창조해준 사람을 자신의 손으로 죽이는 사람과 마찬가지로 인간 사회와 절연한 자라는 것이었다. 어쨌든 전자가 후자의 행동을 준비하는 셈이며, 어떤 의미로는 그것을 예고하고 정당화한다는 것이었다. 그가 목청을 돋우며 계속 말했다.

"여러분, 저는 확신합니다. 저 피고석에 앉아 있는 저 사람이 이 법정에서 내일 재판하게 될 살인자만큼 죄가 있다고 제가 말한다고 해서 저를 지나치게 무모하다고 생각하지는 않으시겠지요. 따라서 이 사람은 처벌받아야 마땅합니다."

여기서 검사는 땀으로 번들거리는 자신의 얼굴을 닦았다. 마침내 그는 자신의 의무가 고통스럽긴 해도 결연히 그 의무를 수행할 것이라고 말했다. 그는 이 사회의 가장 기본적인 규칙조차 무시하고 있는 나라는 존재는 이 사회와 아무 연관이 없으며, 가장 근본적인 인간의 마음에 반응하지도 못하는 나 같은 존재를 위해 인간의 마음에 호소할 수도 없다고 단호하게 말했다. 이어서 그가 말했다.

"저는 여러분께 이 사람의 머리를 요구합니다. 그리고 그것을 요구하는 제 마음은 가볍습니다. 왜냐하면, 이미 오랜 검사 생활을 해오면서 사형을 구형한 경우들이 있었습니다만, 저는 오늘처럼 저의 고통스러운 의무가 보상을 받을 만하고 형평에

맞으며 정확하다고 느낀 적이 없었기 때문입니다. 제가 행하는 이 의무가 절대적이고 신성한 명령에 의한 것임을 분명히 알기에 또한 괴물 같은 모습밖에는 보이지 않는 이 인간의 얼굴 앞에서 공포감을 느끼기에 그렇습니다."

검사가 다시 앉았을 때 꽤 긴 침묵의 순간이 흘렀다. 나는 더위와 어리둥절함으로 인해 멍한 상태에 있었다. 재판장은 가볍게 헛기침을 하더니 아주 낮은 목소리로 내게 덧붙일 말은 없느냐고 물었다. 나는 자리에서 일어났다. 나는 무언가 말을 하고 싶었기에 그저 생각나는 대로 그 아랍인을 죽일 의도는 없었다고 말했다. 재판장은 그것은 하나의 주장일 뿐이라며 아직 나의 변론 내용을 잘 파악하기 어려우니 변호사의 변론을 듣기전에 내가 그런 행동을 하게 된 동기를 정확히 말해주었으면 좋겠다고 말했다. 나는 약간 횡설수설하면서, 그리고 내 생각에도 우스꽝스러운 소리라는 것을 알면서, 그것은 태양 때문이었다고 빠르게 말했다. 법정에서 웃음이 터졌다. 변호사가 어깨를 으쓱했고 이어서 그는 발언권을 받았다. 하지만 그는 시간이 늦었으며 변호에 몇 시간이 걸릴 것이므로 재판을 오후로 연기해 달라고 요청했다. 법정은 그에게 동의했다.

오후에 커다란 선풍기들이 여전히 법정의 탁한 공기를 휘젓고 있었고 배심원들이 들고 있는 작은 부채들도 모두 같은 방향으로 움직이고 있었다. 내 변호사의 변론은 언제 끝이 날 것인지 모를 지경이었다. 그러나 어느 순간 나는 그의 말에 귀를 기울였다. 그가 "제가 사람을 죽인 것은 사실입니다"라고 말했기 때문이었다. 이어서 그는 계속 같은 말투로 나에 대해 말을 할 때마다 '제가'라고 말했다. 나는 무척 놀랐다. 나는 한 경관에게 몸을 기울이며 왜 저러느냐고 물었다. 그는 내게 "쉿"하더니 잠시 후에 모든 변호사가 다 그렇게 한다고 대답했다. 나로서는 그것이 나를 다시 이 사건에서 멀어지게 만든다고, 나를 제로 상태로 만들고 어떤 의미로는 아예 나를 대체해버리는 것이라고 생각했다. 하지만 나는 이미 이 법정에서 멀어져 있었다는 생각이 들었다. 게다가 내 변호사도 우스꽝스러워 보였다. 그는 아주 빠르게 도발 행위에 대해 변호한 다음 그 역시 내 영혼에 대해 언급했다. 하지만 그는 검사에 비해 재능이 훨씬 못 미치는 것 같았다. 그가 말했다.

"나도 피고인의 영혼에 귀를 기울였습니다. 하지만 검사님의 탁월한 의견과는 반대로 나는 그 무언가를 발견할 수 있었습니다. 그리고 마치 펼쳐진 책을 읽듯 훤히 읽을 수 있었다고 말씀 드릴 수 있습니다."

그는 거기서 내가 성실한 사람이요, 번듯하고 지칠 줄 모르는 근로자로서 자신을 고용한 회사에 충실했고 모든 사람의 사랑을 받았으며 타인의 불행을 동정할 줄 아는 사람이라는 사실을 읽었다고 했다. 그가 보기에 나는 어머니를 힘닿는 한 부양한 모범적인 아들이었다. 그리고 마침내 노인에게 내 힘으로는 더 이상 마련해드릴 수 없는 안락함을 양로원에서 마련해주기를 기대했다는 것이다. 그는 덧붙였다.

"여러분, 나는 이 양로원에 대해 이러쿵저러쿵 말이 많은 것을 보고 놀랐습니다. 왜냐하면, 이 제도가 유용하고 중요하다는 증거를 제시해야 한다면 그것은 결국 양로원에 보조금을 지원하고 있는 정부 자체의 몫이라고 해야 할 것이기 때문입니다."

다만 그는 장례식에 대해서는 아무 말이 없었고 그것이 그의 변론에서 부족한 부분이라고 나는 생각했다. 하지만 그의 한없이 길기만 한 연설 때문에, 며칠에 걸쳐 내 영혼에 대한 이야기가 펼쳐지던 그 끝이 없을 것 같던 긴 시간 때문에, 모든 것이 내가 현기증을 느낄 수밖에 없는 무채색의 물처럼 변한 것 같다는 인상을 받았다.

마침내 내 변호사가 계속 말을 하는 동안에 아이스크림 장수의 나팔 소리가 거리로부터 온 방과 법정의 모든 공간을 거쳐 내 귀에까지 울려오던 것만이 기억날 뿐이다. 나는 이제 더 이상 내게 속하지 않은 삶, 하지만 아주 보잘것없으면서도 절대 지워지지 않는 기쁨을 주었던 그 삶에 대한 회상에 사로잡혀 있었다. 여름날의 냄새, 내가 사랑했던 거리, 어느 날의 저녁 하늘, 마리의 웃음과 원피스들. 이곳에서 내가 하고 있는 쓸데없는 짓들이 목구멍까지 치밀어 올라왔고 어서 끝장내고 내 감방으로 가서 잠들고 싶다는 조바심만이 일었다. 배심원 여러분이 한순간의 일탈로 길을 잃은 정직한 노동자를 죽음으로 몰아넣지는 않을 것이라는 내 변호사의 마지막 외침도, 내가 이미 영원한 양심의 가책이라는 확실한 형벌을 받은 범죄에 대해서 정상 참작을 요청한다는 외침도 거의 내 귀에 들리지 않았다. 법정이 휴정했고 변호사는 탈진한 기색으로 자리에 앉았다. 그런데 그의 동료들이 그에게 와서 악수를 청했다. 내게 "이봐, 굉장했어"라는 말이 들렸다. 그들 중 한 명은 심지어 나를 증인으로 삼는 듯 "그렇지요?"라고 말했다. 나는 동의를 했지만 내 칭찬은 진심이 아니었다. 너무 피곤했기 때문이었다.

어쨌든 밖에서는 날이 저물고 열기는 누그러졌다. 거리에서 들리는 몇몇 소리에서 나는 저녁의 아늑함을 짐작할 수 있었다. 우리는 모두 거기에서 기다리고 있었다. 그런데 우리가 함께 기다리고 있는 것은 오로지 나하고만 관계되는 일이었다. 나는 다시 법정을 둘러보았다. 모든 것이 첫날과 똑같은 상태였다. 나의 눈길이 회색 양복을 입은 기자와 자동인형 같은 여인의 눈길과 마주쳤다. 그러자 내가 재판 내내 한 번도 눈길로 마리를 찾지 않았다는 데 생각이 미쳤다. 그녀를 잊은 것이 아니라 할 일이 너무 많았던 것이다. 셀레스트와 레몽 사이에 앉은 그녀의 모습이 보였다. 그녀는 마치 "이제야 끝났네"라고 말하는 것처럼 살짝 손짓을 했다. 그녀는 약간 걱정스러운 얼굴로 미소를 보냈다. 그러나 나는 마음이 닫힌 것을 느꼈고 그녀의 미소에 답할 수조차 없었다.

　재판이 재개되었다. 매우 신속하게 배심원들에게 일련의 질문이 낭송되었다. 나의 귀에 '살인죄'…… '계획된'…… '정상참작'이라는 말들이 들렸다. 배심원들이 퇴장했고 나는 내가 전에 대기하고 있던 작은 방으로 끌려갔다. 변호사가 나를 만나러 왔다. 그는 매우 수다스러웠고 지금까지는 전혀 보여주지 않던 자신감을 보이며 다정하게 말했다. 그는 모든 것이 잘될 것이고 몇 년간의 징역이나 금고형으로 끝날 것 같다고 말했다. 나는 그에게 불리한 판결이 나올 경우 그 판결을 파기할 기회는 없냐고 물었다. 그는 없다고 대답했다. 그의 전략은 배심원들의 반감을 사지 않기 위해 그 어떤 법률적 주장도 제기하지 않는 것이었다. 그는 아무 이유도 없이 그냥 판결을 파기하지는 않는다고 설명해 주었다. 내게도 그게 당연해 보였으므로 나는 수긍했다. 냉정하게 생각해보면 그것은 아주 자연스러웠다. 반대의 경우라면 쓸데없는 서류 작업이 너무 많아질 것이다. 내 변호사가 말했다.

"어쨌든 항소가 있습니다. 하지만 판결이 좋게 나올 게 분명합니다."

우리는 꽤 오래 기다렸다. 내 생각에 대략 45분쯤 되었을 것이다. 기다리던 끝에 종이 울렸다. 변호사가 내 곁을 떠나며 말했다.

"배심원 대표가 평결문을 읽을 겁니다. 당신은 선고가 내려질 때라야 들어오게 될 겁니다."

문들 여닫는 소리가 났다. 사람들이 계단을 뛰어가고 있었지만 계단이 가까이 있는지 멀리 있는지 나는 알 수 없었다. 이어서 법정에서 무언가를 읽는 희미한 목소리가 들렸다. 다시 종이 울리고 피고석 문이 열렸을 때 내게 법정의 침묵이 엄습해 왔다. 그 침묵과 함께, 젊은 기자가 눈길을 돌렸을 때 내가 받은 그 야릇한 느낌도……. 나는 마리 쪽을 바라보지 않았다. 그녀를 처다볼 여유도 없었다. 재판장이 이상한 투로 내가 프랑스 국민의 이름으로 공공 광장에서 머리를 잘리게 될 것이라고 말했기 때문이었다. 그제야 나는 모든 사람의 얼굴에서 읽었던 감정을 알아본 것 같았다. 나는 그것이 배려 같은 것이었다고 생각한다. 경관들은 나를 아주 부드럽게 대했다. 변호사가 그의 손을 내 손목 위에 올려놓았다. 나는 더 이상 아무 생각도 하지 않았다. 그런데 재판장이 내게 덧붙일 말이 없느냐고 물었다. 나는 곰곰 생각했다. 나는 "없습니다"라고 말했다. 그러자 나는 밖으로 끌려 나왔다.

제5장

나는 세 번째로 부속 사제의 면담을 거절했다. 그에게 할 말이 없었거니와 말하고 싶지도 않았으며 어차피 언젠가 만나게 될 것, 그 만남을 늦추고 싶었다. 당시 내게 관심 있던 것은 메커니즘에서 벗어나는 것, 불가피한 것에서 빠져나갈 길이 있는지 알아보는 것이었다. 내 감방이 바뀌었다. 이곳에서는 길게 누우면 하늘이 보이고, 그것밖에 보이지 않는다. 나의 하루하루는 하늘의 얼굴에서 낮을 밤으로 이끄는 색깔의 퇴조를 바라보면서 지나간다. 나는 누운 채 팔베개를 하고 기다린다. 사형 선고를 받은 죄인이 이 요지부동의 메커니즘에서 벗어난 예가 있었는지, 처형 전에 경찰의 경계선을 뚫고 사라진 경우는 없었는지 내가 얼마나 여러 번 자문했는지 모른다. 그러자 사형 집행에 관한 이야기를 거들떠보지 않았던 것이 자책이 되었다. 우리는 항상 그런 문제에 대해 관심을 가져야 하리라. 무슨 일이 일어날지 알 수 없는 법이다. 누구나 그렇듯 나도 신문에서 그에 관한 기사를 읽은 적이 있다. 하지만 그에 관한 특별한 저술들이 분명히 있었을 텐데 나는 그에 대해 조금도 관심을 기울이지 않았다. 아마도 그런 책들에서 탈출 이야기를 발견했을 수도 있었으리라. 최소한 한 번쯤은 굴러가던 바퀴가 멈춰, 불가항력적으로 모든 것이 미리 정해져 있는 가운데 딱 한 번만이라도 우연이나 요행이 작동해 무언가 바뀐 경우가 있었다는 것을 알 수도 있었으리라. 딱 한 번만이라도! 어떤 의미에서 내게는 그것만으로도 충분하리라고 생각한다. 그 나머지는 내 마음이 알아서 하리라. 신문에서는 종종 사회에 진 빚에 관해 말한다. 신문에 따르면 그것을 갚아야 한다는 것이다. 하지만 그런 말은 상상력을 일깨우지 못한다. 중요한 것은 탈출의 가능성, 요지부동인 의례(儀禮) 밖으로의 도약, 희망에 대한 온갖 기대를 갖게 해줄 미친 듯한 질주였다. 물론 그 희망이란 전력 질주하다가 어느 길모퉁이에서 날아온 총알에 쓰러지는 것, 바로 그것이었다. 하지만 아무리 생각해 봐도 내게 그런 호사를 베풀어줄 만한 것은 아무것도 없었다. 모든 것이 내게 그것을 금하고 있고 메커니즘이 다시 나를 붙들었다.

내가 선의를 지니고 있었음에도 불구하고 나는 그 턱없는 확실성을 받아들일 수 없었다. 어쨌든, 그 확실성의 토대가 된 판결 자체와 그 판결이 내려진 순간부터 요지부동으로 전개된 현실 사이에는 터무니없는 불균형이 존재하고 있었기 때문이었다. 판결문이 17시가 아니라 20시에 낭독되었다는 사실, 판결문 내용이 전혀 다를 수도 있었다는 사실, 그 판결문이 속옷을 갈아입는 인간들에 의해 결정되었다는 사실, 그것이 프랑스— 혹은 독일, 혹은 중국—국민이라는 대단히 모호한 개념의 이름으로 선고되었다는 사실, 이 모든 것이 내게는 그 결정의 진지함을 훼손하는 것처럼 보였다. 하지만 일단 그것이 선고된 그 순간부터 그 효과는 내가 지금 몸뚱이를 비벼대고 있는 이 벽의 존재만큼 확실해지고 진지해졌다는 것을 인정해야만 했다.

그 순간 엄마가 아버지에 대해 내게 들려주었던 이야기가 떠올랐다. 나는 아버지에 대해 아는 것이 없다. 아버지라는 사람에 대해 내가 정확히 알고 있는 것이라고는 그때 어머니가 들려준 것밖에 없다. 그는 살인범 처형을 보러 갔었다. 아버지는 그곳에 간다는 생각만으로도 병이 들 지경이었다. 그래도 그는 그곳에 갔었고 돌아오는 길에 아침에 먹은 것을 일부 토했다.

그 말을 듣고 나는 아버지가 조금은 역겨웠다. 하지만 지금 나는 이해한다. 그것은 당연한 일이었다. 사형 집행보다 더 중요한 일은 없다는 것을, 요컨대 그것이야말로 인간에게 유일하게 진정으로 흥미로운 일이라는 것을 왜 나는 몰랐단 말인가! 만일 내가 이 감옥에서 나가게 된다면 모든 사형 집행을 다 보러 가리라. 나는 그런 가능성을 생각한다는 것 자체가 잘못이었다고 생각한다. 어느 이른 아침 경찰의 비상경계선 밖, 말하자면 다른 편에 자유롭게 있는 나를 보게 된다는 생각만으로도, 사형 집행을 보러 왔다가 나중에 토할 수 있는 구경꾼이 된다는 생각만으로도 독에 오염된 기쁨의 물결이 가슴까지 치밀어 올랐기 때문이었다. 하지만 그것은 분별없는 짓이었다. 그런 가정에 몸을 맡겼다는 것 자체가 잘못이었다. 다음 순간 나는 너무 추워서 담요 속에 몸을 웅크려야 했기 때문이었다. 나는 이빨이 딱딱 부딪치는 것을 억제할 수 없었다.

하지만 당연한 일이지만 우리가 언제나 분별력이 있을 수는 없는 법이다. 예를 들어 나는 법률 초안을 만들어볼 때도 있었다. 나는 형법 체제를 개혁했다. 나는 사형수에게 한 번의 기회를 주는 것이 핵심이라는 사실에 주목했다. 천 번에 단 한 번만이라도 기회를 주는 것은 많은 것을 해결하기에 충분했다. 예컨대 수형자—나는 사형수라는 말 대신 수형자라는 말을 생각해 냈다—가 흡입하면 열 번에 아홉 번만 죽게 되는 화학 약품을 배합해 낼 수 있을 것 같았다. 수형자가 그것을 알게 하는 것, 바로 그것이 조건이었다. 깊이 잘 생각해보고 차분히 이것저것 다 고려해본 뒤에 나는 단두대의 결함이라는 것은 그것에 어떠한 기회도, 결코 그 어떤 기회도 존재할 수 없다는 데 있음을 확인했기 때문이었다. 요컨대, 단번에 수형자의 죽음이 확정되어 버리는 것이다. 그것은 정리된 일이고 확정된 배합이며 이미 합의가 된 것으로서 재론의 여지가 없었다. 아주 예외적인 경우겠지만 칼날이 빗나가도 다시 시작한다. 그러니 정말 가슴 아픈 것은, 사형수는 기계가 잘 작동하기만을 바라야 한다는 사실이다. 나는 바로 그것이 미비한 점이라고 말하고 있는 것이며 그것은 어떤 의미에서는 사실이다. 하지만 다른 의미에서 모든 훌륭한 조직의 비밀이 바로 거기에 있다는 점을 나는 인정하지 않을 수 없다. 요컨대 사형수는 정신적으로 협력해야만 한다. 모든 것이 차질 없이 진행되는 것이 그에게도 이로운 것이다.

　나는 또한 지금까지 이런 문제들에 대해 올바르지 않은 생각을 하고 있었음을 인정하지 않을 수 없다. 나는 오랫동안—그 이유는 모르겠지만―단두대에 가려면 단 위로 계단을 밟고 올라가야 한다고 생각해왔다. 나는 그것이 1789년의 대혁명 때문이라고, 말하자면 이 문제에 대해 사람들이 내게 가르쳐주거나 보게 했던 모든 것 때문이라고 생각한다. 그런데 어느 날 아침, 세상을 떠들썩하게 했던 어느 사형 집행을 다룬 신문 기사와 함께 실렸던 사진 한 장이 기억났다. 실제로 기계는 그냥 땅바닥에 놓여 있었으며 이 세상에서 가장 단순한 것이었다. 그것은 내가 생각했던 것보다 훨씬 폭이 좁았다. 좀 더 일찍 그런 생각을 하지 않았다는 게 정말 이상했다. 사진 속의 그 기계는 완벽하고 정교하며 반짝인다는 인상을 강렬하게 남겼다. 사람은 누구나 자신이 모르는 것에 대해서는 과장된 생각을 품기 마련이다. 그런데 반대로 모든 게 간단하다는 것을 나는 인정하지 않을 수 없었다. 기계는 그것을 향해 걸어오는 사람과 같은 높이에 있었다. 그 사람은 마치 사람을 만나러 걸어가듯 기계로 다가간다. 그것 역시 가슴 아픈 일이었다. 단두대를 향해 올라가는 것과 높이 승천하는 것이 상상력을 통해 서로 결부될 수도 있다. 반면에 실제로는 메커니즘이 그 모든 것을 짓눌러 버린다. 즉 죄인은 약간의 부끄러움을 지닌 채 아주 정확하게, 그리고 은밀하게 처형되어 버리는 것이다.

제5장

그 밖에 줄곧 내 머리를 떠나지 않던 것이 두 가지 더 있다. 새벽과 항소가 그것이다. 하지만 나는 분별심을 가지고 그 두 가지를 생각하지 않으려고 애썼다. 나는 누워서 하늘을 쳐다보면서 거기에 관심을 기울이려고 애썼다. 초록색이 되었으니 저녁이로구나. 나는 내 생각의 흐름을 돌려보려고 애쓰기도 했다. 나는 심장 고동 소리에 귀를 기울였다. 나와 오랫동안 함께 했던 이 소리가 영원히 멈춘다는 것을 상상할 수 없었다. 나는 결코 진정한 상상력을 가져본 적이 없었다. 하지만 나는 이 심장 고동이 더 이상 내 머리까지 이어지지 않을 그런 순간을 그려보려고 애썼다. 하지만 허사였다. 여전히 새벽과 항소가 거기에 있었다. 결국 나는 억지로 자제하지 않는 것이 보다 현명한 짓이라고 생각하기에 이르렀다.

그들이 새벽에 온다는 것을 나는 알고 있었다. 요컨대 나는 밤마다 그 새벽을 기다리며 지새운 셈이다. 나는 불시에 놀라는 것은 언제나 질색이었다. 내게 무슨 일이 일어난다면 나는 준비된 채 기다리고 싶었다. 그 때문에 나는 결국 낮 동안에만 짧게 눈을 붙였고 밤에는 내내 천장 유리창을 통해 새벽빛이 비치기를 끈기 있게 기다리게 되었다. 통상 그들이 그 일을 하는 때라는 것을 내가 알고 있던 그 애매모호한 시간, 그때가 가장 힘들었다. 자정이 지나면 나는 기다리며 동정을 살폈다. 내 귀가 그토록 많은 소리를 받아들인 적도, 그렇게 미세한 소리를 구분해본 적도 없었다. 한편 그동안 발걸음 소리가 한 번도 들리지 않았으니 어떤 면에서 나는 운이 좋았다고 말할 수도 있다. 엄마는 종종 사람이 완전히 불행할 수는 없는 법이라고 말하곤 했다. 하늘이 물들고 새로운 날이 내 감방으로 미끄러져 들어올 때면 나는 엄마의 말이 옳다는 것을 절감했다. 발걸음 소리를 들을 수도 있었을 것이고 가슴이 터져버릴 수도 있었을 것이기 때문이었다. 아주 미세한 바스락 소리에도 문가로 달려갔으며, 나무판자에 귀를 대고 기다리노라면 내 숨소리가 들려왔고, 그 숨소리가 마치 개의 헐떡거림처럼 거친 것을 알고 오싹해진 적은 있었다 할지라도 결국 내 심장은 터지지 않았고 나는 다시 24시간을 벌게 되었던 것이다.

낮 동안에는 내내 항소 생각이었다. 나는 그 생각으로부터 최선의 결과를 도출해 냈다고 생각한다. 나는 항소가 내게 미칠 영향에 대해 계산했고 심사숙고한 결과 최상의 수확을 거두었다. 나는 항상 최악의 상황을 가정했다. 항소 기각이 바로 그것이었다.

"그래, 그렇다면 내가 죽겠군."

다른 사람들보다 일찍 죽는다는 것, 그건 분명했다. 하지만 삶이란 것이 살아볼 만한 가치가 없다는 것은 모든 사람이 다 안다. 사실상 서른 살에 죽거나 일흔 살에 죽거나 별로 중요하지 않다는 것을 나는 모르고 있지 않았다. 어느 경우건 당연히 다른 남자들, 다른 여자들이 계속 살아갈 것이고 수천 년 동안 그럴 것이기 때문이다. 어쨌든 그보다 더 명확한 것은 없다. 그리고 지금이 되었건 20년 후가 되었건 죽는 것은 여전히 나 자신이다. 그런 식의 나의 추론에서 약간이라도 가슴이 저렸던 순간은 바로 그때였다. 20년의 삶을 생각하면서 가슴이 심하게 두근거렸기 때문이었다. 하지만 어차피 20년 후 같은 지경에 이르렀을 때 내가 어떤 생각을 하게 될 것인지 상상하는 것만으로도 그 두근거림은 억누를 수 있었다. 우리가 죽는 이상 어떻게 죽느냐, 언제 죽느냐는 하등 중요하지 않다. 그건 너무나 분명한 사실이다. 따라서—어려운 것은 이 '따라서'라는 표현이 추론 속에서 무엇을 의미하는지 잊지 않는 일이었다—나는 항소 기각을 받아들여야 했다.

그때가 되어서야, 오로지 그때가 되어서야 내게 두 번째 가정을 생각해볼 권리가 생기는 셈이었으니, 말하자면 나는 그제야 그 두 번째 가정을 자신에게 허용한 것이다. 그것은 바로 사면을 받는다는 가정이었다. 난처했던 것은 무분별한 환희로 내 눈을 찔러대는 이 피와 육신의 격정을 좀 더 차분하게 가라앉혀야만 했다는 사실이다. 나는 이 부르짖음을 억누르고 그에 대해 차분하게 생각하려 애써야 했다. 내 첫 번째 가정에서 내린 포기 결심이 더욱 그럴듯해 보이기 위해서는 이 두 번째 가정에서도 나는 차분하고 자연스러워야 했다. 그리고 그러는 데 성공하면 나는 한 시간 정도의 평온을 얻을 수 있었다. 어쨌든 그것은 꽤 괜찮은 소득이었다.

그럴 즈음 나는 다시 한번 부속 사제의 접견을 거절했다. 나는 누운 채로 하늘이 황금색으로 변하는 것을 바라보며 여름날 저녁이 다가오고 있음을 알아차렸다. 나는 항소를 거부한 참이었고 내 피가 내 안에서 규칙적으로 순환하고 있음을 느낄 수 있었다. 나는 굳이 부속 사제를 만날 필요성을 느끼지 못했다. 아주 오랜만에 처음으로 나는 마리 생각을 했다. 그녀가 편지를 보내지 않은지도 꽤 오래되었다. 그날 저녁 나는 곰곰이 생각한 결과 그녀가 사형수의 정부(情婦) 처지라는 사실에 지쳤으리라고 생각했다. 그녀가 병이 들었거나 죽었을지도 모른다는 생각도 들었다. 그런 생각이 드는 건 당연한 일이다. 지금 이렇게 떨어져 있는 우리의 두 몸 외에는 아무것도 우리를 연결해

제5장

163

주는 것이 없고 서로를 떠올리게 해주는 것이 없으니 내가 어찌 알 수 있단 말인가. 게다가 만일 그렇다면 그 순간부터 마리에 대한 추억은 내 관심 밖이었을 것이다. 그녀가 죽었다면 그녀는 더 이상 내 관심의 대상이 아니다. 내가 죽으면 사람들이 나를 잊을 것이라는 사실을 잘 알고 있었기에 나는 그것이 당연하다고 생각했다. 내가 죽고 나면 사람들은 나와는 아무런 볼 일이 없다. 그런 생각을 하면서 괴로웠다고 말할 수조차 없었다.

바로 그 순간 사제가 들어왔다. 그를 보자 약간 몸이 떨렸다. 그가 그것을 알아차리고 두려워하지 말라고 말했다. 나는 그에게 통상적으로는 다른 시각에 방문하지 않느냐고 말했다. 그는 이번 면회는 순전히 우의(友誼)적인 것으로서 내 항소와는 아무 연관이 없으며 자신은 내 항소에 대해서는 아무것도 아는 게 없다고 말했다. 그는 내 작은 침대에 앉더니 나보고 곁으로 오라고 했다. 나는 거부했다. 그럼에도 불구하고 그의 표정은 여전히 부드러웠다.

그는 무릎에 팔꿈치를 괴고 고개를 숙인 채 자신의 손을 바라보며 잠시 그대로 있었다. 섬세하면서도 근육질인 그의 두 손은 내게 두 마리의 날렵한 동물을 연상시켰다. 그는 두 손을 천천히 맞대어 비볐다. 그런 후 그가 고개를 떨군 채 꽤 오랫동안 가만히 있었기에 어느 순간 내가 그를 잊었다는 느낌이 들 정도였다.

그런데 그가 갑자기 고개를 들더니 나를 똑바로 쳐다보며 말했다.

"왜 나의 면회를 거절하십니까?"

나는 내가 하느님을 믿지 않는다고 대답했다. 그는 내가 정말로 확신하는지 알고 싶어 했고 나는 그런 건 자문해 볼 필요도 없는 문제라고, 별로 중요한 문제로 보이지 않는다고 대답했다. 그러자 그는 손을 펴서 허벅지 위에 놓더니 몸을 뒤로 젖혀 벽에 기댔다. 그는 거의 내게 말하는 것 같지 않은 투로 사람이란 종종 스스로 확신하고 있다고 생각하지만 실제로는 그렇지 않은 경우가 있다고 지적했다. 나는 아무 말도 하지 않았다. 그가 나를 바라보며 물었다.

"어떻게 생각하십니까?"

나는 그럴 수도 있다고 대답했다. 어쨌든 나는 내가 실제로 무엇에 흥미를 느끼고 있는지는 확신할 수 없지만 어떤 게 내 흥미 밖인지는 확신할 수 있었다. 그리고 지금 신부가 말하고 있는 것이 바로 내게 흥미를 불러일으키지 않는 것이었다.

제5장

그는 고개를 돌렸으나 여전히 자세는 바꾸지 않은 채 내가 너무 절망에 빠진 나머지 그렇게 말하는 것은 아니냐고 물었다. 나는 그에게 나는 절망하지 않았다고 설명했다. 나는 단지 두려웠을 뿐이고 그건 당연한 일이었다. 그러자 그가 지적했다.

"그러면 하느님께서 당신을 도와주실 것입니다. 당신과 같은 처지에 있던 모든 사람이 그분께 귀의했습니다."

나는 그것이 그들의 권리임을 인정했다. 그리고 그것은 그들에게 그럴 시간이 있었다는 증거이기도 했다. 나는 누군가가 나를 돕는 걸 원치 않으며 흥미 없는 것에 대해 흥미를 가질 만한 시간이 부족했다.

순간 그의 손이 짜증 난다는 듯한 동작을 취했다. 그러나 그는 다시 몸을 바로 세우며 옷깃을 가다듬었다. 그런 후 그는 나를 '친구'라고 부르면서 말을 걸었다. 그는 내가 사형수이기 때문에 그렇게 부르는 것이 아니라고 말했다. 그가 보기에 우리는 모두 사형수라는 것이었다. 나는 그의 말을 가로막고 그건 같은 게 아니며, 게다가 그 어떤 경우건 그건 위로가 될 수 없다고 말했다.

"물론이지요." 그가 동의했다. "하지만 만일 당신이 오늘 죽지 않는다 하더라도 나중에는 죽을 것입니다. 그때도 똑같은 문제가 제기될 것입니다. 이 무서운 시련을 당신은 어떻게 받아들이시렵니까?"

나는 지금 그걸 받아들이는 것과 똑같이 받아들일 것이라고 대답했다.

그 말에 그는 몸을 일으키더니 내 눈을 똑바로 바라보았다. 그건 내가 잘 아는 놀이였다. 나는 에마뉘엘이나 셀레스트와 자주 그 놀이를 했고 대개는 그들이 눈을 돌렸다. 사제도 그 놀이를 잘 알고 있다는 것을 나는 금방 알아차렸다. 그의 눈길이 떨리지 않았던 것이다. 이어서 그가 내게 물었는데 목소리도 전혀 떨리지 않았다.

"그렇다면 당신은 아무런 희망도 갖지 않은 채 온전히 죽어 버릴 것이라는 생각으로 살아간다는 겁니까?"

"그렇습니다." 내가 대답했다.

그러자 그가 고개를 떨구고 다시 앉았다. 그는 나를 불쌍하게 여긴다고 말했다. 그것은 한 인간으로서는 도저히 감당하기 어려운 것이라고 그는 말했다. 나는 그저 짜증이 나기 시작했을 뿐이다. 이번에는 내가 몸을 돌려 천창 아래로 갔다. 나는 벽에 어깨를 기댔다. 귀담아듣지는 않았지만 그가 내게 다시 뭔가 묻는 것이 들렸다. 그는 불안하면서도 간절한 목소리로 말

제5장

167

하고 있었다. 나는 그가 흥분해 있는 것을 알고 그의 말에 귀를 기울였다.

그는 나의 항소는 받아들여질 것이라고, 하지만 벗어버려야만 하는 죄의 짐을 내가 여전히 지고 있다고 말했다. 그의 말에 의하면 인간의 심판은 아무것도 아니고 하느님의 심판이 전부라는 것이었다. 나는 내게 사형 선고를 내린 것은 전자라고 지적했다. 그러자 그는 그런다고 내 죄가 씻기지는 않는다고 대답했다. 나는 그에게 그 죄가 무엇인지 모르겠다고 대답했다. 다만 사람들이 내게 내가 죄인임을 알려주었을 뿐이었다. 나는 죄인이니 그 죗값을 치를 것이고 더 이상 나에게 아무것도 요구할 수 없을 것이라고 나는 말했다. 그 순간 그가 다시 몸을 일으켰지만 나는 이 좁은 감방에서 그가 몸을 움직이고 싶어도 별로 선택의 여지가 없으리라고 생각했다. 앉거나 일어나거나 둘 중 하나였다.

나는 땅바닥에 시선을 고정하고 있었다. 그가 내게 한 발짝 다가오더니 감히 앞으로 더 나아갈 수 없다는 듯 멈춰 섰다. 그는 창살 너머 하늘을 바라보며 내게 말했다.

"형제님, 잘못 생각하고 있습니다. 당신에게 그 이상을 요구할 수 있습니다. 아마 그 이상을 요구할 것입니다."

"뭘 말입니까?"

"볼 것을 요구할 것입니다."

"뭘 본다는 겁니까?"

사제는 자신의 주변을 돌아보며 내게 답했다. 그의 목소리가 갑자기 지친 것 같았다.

"이 모든 돌이 고통의 땀을 흘리고 있음을 나는 알고 있습니다. 나는 고뇌 없이 그것들을 바라본 적이 없습니다. 하지만 당신들 중 가장 비참한 사람일지라도 그들이 처한 어둠으로부터 신성한 얼굴이 나타나는 것을 보았다는 사실을 나는 가슴 속 깊이 알고 있습니다. 당신에게 보기를 요구하는 것은 바로 그 얼굴입니다."

나는 약간 흥분했다. 나는 내가 벌써 몇 달간 이 벽들을 바라보았다고 말했다. 이 세상에서 내가 이보다 더 잘 아는 것도 없었고 더 잘 아는 사람도 없었다. 아마도 나는 오래전부터 거기에서 하나의 얼굴을 찾았을 것이다. 하지만 그 얼굴은 태양의 빛깔과 욕망의 불꽃을 지니고 있었다. 그것은 마리의 얼굴이었다. 나는 그 얼굴을 좇으려 했지만 소용없었다. 이제 그것도 지나간 일이었다. 그리고 그 어떤 경우에도 이 돌이 흘리는 땀에서 그 무언가 솟아나는 것을 보지 못했다.

제5장

169

사제는 일종의 슬픈 표정으로 나를 바라보았다. 나는 이제 완전히 벽에 등을 기대고 있었고 빛이 나의 이마에 흐르고 있었다. 그가 몇 마디 했지만 나는 알아듣지 못했다. 그러더니 그가 나를 껴안아도 되겠느냐고 황급히 물었다.

"안 됩니다." 내가 대답했다.

그는 돌아서서 벽을 향해 걸어가더니 손으로 천천히 벽을 쓰다듬으며 중얼거렸다.

"그러니까 당신은 이 땅을 그토록 사랑한단 말입니까?"

나는 아무 대답도 하지 않았다.

그는 꽤 오랫동안 등을 돌린 채 서 있었다. 그의 존재가 부담스럽고 귀찮았다. 나는 그에게 가달라고, 제발 혼자 내버려 둬달라고 말하려 했다. 그런데 바로 그 순간 그가 나를 향해 돌아서더니 마치 벼락처럼 고함을 질렀다.

"아니야, 당신을 믿을 수 없어요. 분명히 다른 삶을 갈망했던 적이 있을 거요!"

나는 당연히 그렇다고, 하지만 그것이 부자가 되기를, 더 빨리 헤엄칠 수 있게 되기를, 더 멋진 입을 갖기를 바라는 것이나 별로 다를 게 없다고 나는 말했다. 그것은 다 같은 종류일 뿐이다. 그러자 그가 내 말을 가로막고 내가 생각하는 다른 삶이라는 것이 어떤 것인지 알고 싶다고 했다. 그러자 나는 그에게 외 쳤다.

"지금의 이 삶을 회상할 수 있는 그런 삶입니다."

그런 후 나는 곧바로 이젠 정말 진저리가 난다고 그에게 말했 다. 그는 내게 여전히 하느님 이야기를 하려 했다. 하지만 나는 그에게 다가가 마지막으로 다시 한번 내게 시간이 얼마 남지 않 았다는 것을 설명하려 했다. 나는 하느님 때문에 그 시간을 낭 비하고 싶지 않았다. 그는 화제를 바꾸려는 듯 내가 그를 왜 '신 부님'이라고 부르지 않고 '선생님'이라고 부르냐고 물었다. 나는 화가 나서 그는 나의 아버지가 아니라고(불어의 père는 아버지란 뜻도 되고 신부라는 뜻도 됨-옮긴이 주) 그는 남들 편이라고 말했다.

"아닙니다, 형제님." 그가 내 어깨에 손을 얹으며 말했다. "나 는 당신과 함께 있습니다. 당신이 마음의 눈을 감고 있기에 그 것을 모를 뿐입니다. 당신을 위해 기도하겠습니다."

그러자 이유는 알 수 없지만 내 속의 그 무언가가 폭발했다. 나는 목청껏 고함을 질렀고 그에게 욕설을 퍼부으며 기도하지 말라고 말했다. 나는 신부복 깃을 움켜쥐었다. 나는 기쁨과 분 노로 가슴이 벅차오른 채 내 가슴 저 밑바닥 모든 것을 그에게 쏟아부었다. 당신은 너무 확신에 차 보이지, 그렇지 않아? 하지만 당신의 확신은 여자 머리카락 한 올의 가치도 없는 거야. 당신이 살아 있다는 것조차 분명하지 않아. 죽은 자처럼 살고 있기 때문이야. 나는 빈손인 것처럼 보이지? 하지만 나는 나에 대해서, 모든 것에 대해서, 내 삶에 대해서, 그리고 장차 찾아올 죽음에 대해서 당신보다 더 확신하고 있어. 그래, 나는 가진 게 그것밖에 없어. 하지만 나는 최소한, 이 진실이 나를 붙들고 있는 것만큼 이 진실을 부여잡고 있어. 나는 옳았고 옳으며 언제나 옳을 거야. 나는 이렇게 살아왔지만 다른 식으로 살았을 수도 있어. 나는 이런 것을 했고 저런 것은 하지 않았어. 어떤 것은 하지 않았고 대신 다른 것은 했어. 그래서? 그건 마치 내가 내내 이 순간을, 내가 정당화될 수 있는 이 작은 여명(黎明)을 기다려 온 것과 같아. 어느 것도, 그 어느 것도 중요하지 않았고 나는 그 이유를 잘 알고 있어. 당신도 그 이유를 알고 있어. 내가 영위해 온 이 부조리한 삶 내내 나의 미래 저 깊숙한 곳으로부터 한 줄기 어두운 바람이 아직 오지 않은 세월을 통해 내게로 불어 올라오고 있어. 그리고 그 바람이 지나가면서, 내가 지금 살아내고 있는 이 시간보다 더 현실감이 있다고 할 수도 없을 그 세월 동안 내게 주어졌던 모든 것을 아무 차이도 없게 만들어버리고 있어. 다른 사람들의 죽음, 어머니의 사랑이 내게 뭐 그리 중요하단 말인가! 당신의 하느님, 사람들이 선택한 삶, 사람들이 뽑은 운명, 그런 것이 내게 뭐 그리 중요하단 말인가! 단 하나의 운명만이 나 자신을 선택했고 당신처럼 나를 형제라고 부르는 수없이 많은 특권을 받은 사람들도 마찬가지야. 이해하겠어? 모든 사람이 특권을 받은 거야. 특권을 받은 사람밖에 없는 거야. 다른 사람들도 어느 날 사형 선고를 받겠지. 당신도 사형 선고를 받을 거야. 살인죄로 기소된 자가 어머니 장례식에서 울지 않았다는 이유로 처형된들 그게 뭐 그리 중요하겠는가? 살라마노의 개도 그의 아내만큼이나 가치가 있는 거야. 그 자동인형 같은 여자도 마송이 결혼한 파리 여자나 내가 결혼해주기를 원했던 마리만큼 죄가 있는 거야. 레몽이, 그보다는 훨씬 나은 셀레스트와 마찬가지로 나의 친구라는 게 뭐 그리 중요하단 말인가? 마리가 오늘 새로운 뫼르소에게 입술을 내준다 한들 그게 뭐 그리 중요하단 말인가? 그래, 당신은 이 사형수를 이해할 수 있는가? 내 미래 저 깊은 곳으로부터 오는 그것을…… 이 모든 것을 외치느라 나는 숨이 막혔다. 그러나 이미 사람들이 내 손에서 사제를 떼어 놓았고 간수들이 나를 위협했다. 하지만 사제가 간수들을 진정시킨 다음 한순간 말없이 나를 바라보았다. 그의 눈에 눈물이 가득 고여 있었다. 그는 몸을 돌려 사라졌다.

그가 떠나자 나는 평온을 되찾았다. 나는 기진맥진해서 침대에 몸을 던졌다. 잠이 들었던 것 같다. 깨어나니 얼굴 위로 별들이 빛나고 있었다. 들판의 소리가 나에게까지 들려왔다. 밤 냄새, 대지 냄새, 소금 냄새가 내 관자놀이를 식혀주었다. 이 잠들어 있는 여름의 경이로운 평화가 조수처럼 내게 밀려 들어왔다. 그 순간 밤의 저 끝에서 사이렌 소리가 들렸다. 그 소리는 나와는 영원히 관계없는 한 세계의 출발을 알리고 있었다. 오랜만에 처음으로 엄마 생각이 났다. 엄마가 왜 생의 끝자락에서 '약혼자'를 두었는지, 왜 새로 시작하는 모험을 했는지 이해할 수 있을 것 같았다. 그곳, 생이 꺼져가는 그 양로원 주변 그곳에서도 저녁은 우수에 젖은 휴식 같았으리라. 그토록 죽음 가까이에 이르자 엄마는 해방감을 느끼고 온전히 새로 살아갈 준비를 했을 것이다. 누구도, 그 누구도 그녀를 애도할 권리가 없다. 그리고 나 역시 온전히 새로 살 준비가 되었음을 느낀다. 마치 그 커다란 분노가 내게서 악을 씻어내고 희망을 모두 비워버린 듯, 신호와 별들로 가득 차 있는 이 밤 앞에서 나는 처음으로 이 세상의 다정스러운 무관심을 향해 나 자신을 열었다. 이 세상이 나와 너무 닮았고 마침내 너무 형제처럼 여겨졌기에, 나는 행복했었고 여전히 행복하다고 느꼈다. 모든 것이 이루어지도록, 내가 외로움을 덜 느낄 수 있도록, 내가 처형되는 날 많은 구경꾼이 모이기를, 그들이 증오의 함성으로 나를 맞아주기를 이제 바랄 뿐이다.

『이방인』을 찾아서

나는 무언가 말을 하고 싶었기에 그저 생각나는 대로 그 아랍인을 죽일 의도는 없었다고 말했다. 재판장은 그것은 하나의 주장일 뿐이라며 아직 나의 변론 내용을 잘 파악하기 어려우니 변호사의 변론을 듣기 전에 내가 그런 행동을 하게 된 동기를 정확히 말해주었으면 좋겠다고 말했다. 나는 약간 횡설수설하면서, 그리고 내 생각에도 우스꽝스러운 소리라는 것을 알면서, 그것은 태양 때문이었다고 빠르게 말했다. 법정에서 웃음이 터졌다. (147쪽)

작품 후반부에서 직접 작품 주인공인 뫼르소의 입을 통해 '밝혀진' 살인 동기(?)이다. 그가 아랍인을 죽일 의도는 없었다고 말하자 그렇다면 그 동기를 정확히 밝혀달라는 재판장의 요구에 그는 '태양' 때문이라고 대답한다. '태양' 때문에 살인을 하다니! 도무지 말이 안 된다. 뫼르소가 횡설수설하는 것은 당연하다. 상식에서 벗어나는 이유를 논리정연하게 설명할 수 없기 때문이다. 태양과 살인이라는 두 현실을 객관적으로, 논리적으로 연결할 수 없기 때문이다. 보다 정확히 말한다면 납득할 수 있는 현실적인 동기가 없기 때문이다. 그러니 자신에게조차 그 말이 우스꽝스럽게 여겨진 것이 당연하고 법정에서 웃음이 터지는 것도 당연하다. 그런데, 횡설수설할 수밖에 없는 그 말이, 논리에서 벗어나는 그 말이, 자기가 보기에도 우스꽝스럽고 법정 방청객에게 웃음을 터뜨리게 한 그 말이 실은 진실이라는 것, 바로 거기에 이 작품의 핵심이 존재한다. 정말로 태양 때문에 살인을 했다는 사실, 하지만 아무에게도 설명할 수도 없고, 아무도, 심지어 자기 자신조차 설득할 수 없는 그 사실, 그것이 바로 이 작품의 핵심이다.

나는 젊은 시절 카뮈의 이방인을 읽고 충격을 받았다. 태양 때문에 사람을 죽이다니! 생각해보라. 살인이란 엄청나게 큰 사건이다. 사소한 일이라면 모를까, 그런 큰 사건에는 그에 걸맞은 동기와 목적이 있어야 한다. 그런데 태양 때문에 살인을

하다니! 살인의 동기로 내세우기에는 가장 얼토당토않은 동기
이다. 나는 바로 그 말도 안 되는 동기 때문에 충격을 받았었다.
그때의 충격을 되새기며 뫼르소가 살인을 저지르는 장면을 다
시 읽어본다.

그는 나를 보자마자 몸을 약간 일으키며 손을 주머니로
가져갔다. 나는 당연히 윗도리에 들어 있는 레몽의 권총
을 잡았다. 그러자 그가 다시 몸을 눕혔지만 주머니에서
손을 빼내지 않은 채였다. 나는 그와 꽤 멀리 10여 미터
떨어져 있었다. (……)
내가 몸을 돌리기만 하면 그것으로 모든 것은 끝이리라
고 나는 생각했다. 하지만 태양 빛과 열기에 떨리고 있
는 해변 전체가 뒤에서 나를 압박했다. 나는 샘을 향해
몇 발짝 옮겼다. 아랍인은 움직이지 않았다. 어쨌든 그는
아직 꽤 떨어져 있었다. 그의 얼굴의 그늘 때문인지 그가
웃고 있는 것 같았다. 나는 기다렸다. 타는 듯한 태양의
열기가 뺨을 달구었고 땀방울이 눈썹에 맺히는 것을 느
낄 수 있었다. 내가 엄마 장례식을 치르던 그날과 똑같은
태양이었고 그때처럼 특히 이마가 지근거렸으며 이마의

핏줄 전체가 피부밑에서 뛰고 있었다. 이 열기를 더 이상 견딜 수 없어서 나는 앞으로 한 걸음 내디뎠다. 나는 그 것이 어리석은 짓이라는 것, 한 걸음 옮긴다고 해서 태양 으로부터 벗어날 수 없다는 것을 알고 있었다. 하지만 나 는 한 걸음, 다만 한 걸음 앞으로 나갔다. 그러자 이번에 는 아랍인이 몸을 일으키지 않은 채 단도를 끄집어내어 햇빛 속에서 내게 겨누었다. 햇빛이 강철 위에서 반짝였 고 마치 번쩍이는 긴 칼날이 내 이마에 와 닿는 것 같았 다. 그 순간 눈썹에 맺혀 있던 땀이 갑자기 눈꺼풀 위로 흘러내려 마치 미지근하고 두터운 장막처럼 눈꺼풀을 덮 어 버렸다. 이 눈물과 소금의 장막에 가려 내 눈은 보이 지 않았다. 나는 내 이마에 울리는 태양의 심벌즈 소리와 여전히 내 앞에 있던 단도로부터 발사되는 번쩍이는 칼 날만을 희미하게 느낄 뿐이었다. 이 불타오르는 칼날이 내 속눈썹을 갉아먹고 내 고통스러운 눈을 후벼 팠다. 바 로 그때 모든 것이 흔들렸다. 바다가 빽빽하고 뜨거운 숨 결을 실어 왔다. 마치 하늘이 활짝 열려 불비를 쏟아내는 것 같았다. 내 존재 전체가 긴장되었고 나는 권총을 움켜 쥐었다. 방아쇠가 당겨졌고 나는 권총 손잡이의 매끈한

배를 만졌다. 그리고 바로 거기, 둔탁하면서도 동시에 귀를 먹먹하게 만드는 그 소리와 함께 모든 것이 시작되었다. 나는 땀과 태양을 떨쳐버렸다. 나는 내가 한낮의 균형을, 내가 행복해했던 해변의 그 이례적인 정적을 깨뜨려버렸다는 사실을 깨달았다. 그런 후 나는 그 움직이지 않는 몸뚱이에 다시 네 발을 발사했다. 총알은 보이지 않게 박혀버렸다. 그것은 마치 내가 불행의 문을 두드리는 네 번의 짧은 노크 소리 같은 것이었다. (86~89쪽)

다시 찬찬히 읽어봐도 우리가 흔히 생각할 수 있는 살인의 동기가 없다. 아랍인을 향한 분노도, 증오도 없고 아랍인의 칼날에 상처를 입은 친구 레몽의 복수를 하겠다는 일념도 없다. 상식적으로 보면 도무지 납득할 수 없는 정신 나간 짓이다. 그 행위가 얼마나 납득할 수 없을 정도냐 하면 뫼르소의 살인 동기를 정당방위에서 찾으려 한 어느 젊은 번역자가 있을 정도이다(번역자 이름은 밝히지 않겠다. 상처를 주고 싶지 않아서다.). 그 번역자는 뫼르소가 사형 선고를 받게 된 원인이 자신의 살인이 정당방위라는 것을 입증하지 못해서라고 쓴다. 그는 '나는 내 이마에 울리는 태양의 심벌즈 소리와 여전히 내 앞에 있던 단도로부터 발사되는 번쩍이는 칼날만을 희미하게 느낄 뿐이었다. 이 불타오르는 칼날이 내 속눈썹을 갉아먹고 내 고통스러운 눈을 후벼팠다'라고 내가 번역한 부분을 '나는 이마에서 울려대는 태양의 심벌즈 소리와, 희미하게, 여전히 내 앞의 칼날로부터 찔러오는 눈부신 단검 말고는 아무것도 느낄 수 없었다. 그 불타는 칼은 내 속눈썹을 물어뜯고 내 눈을 고통스럽게 파고들었다'라고 번역했다. 즉 그는 '번쩍이는 칼날'을 햇빛에 반사한 칼날의 번쩍임이 아니라 실제 칼날로 이해한 것이고 실제로 뫼르소가 그 칼에 눈을 찔렀기에 어쩔 수 없이 방아쇠를 당기게 되었다고 '이해'한다. 번역은 자신이 이해한 바를 우리말로 옮기는 것이니 그 이해의 정도를 놓고 왈가왈부할 필요는 없다. 그래도 뫼르소와 아랍인이 꽤 멀리 떨어져 있었고, 뫼르소가 다만 한 걸음만 옮겼을 뿐인데, 더욱이 아랍인이 몸을 일으키지도 않았는데 어떻게 칼날이 뫼르소를 직접 찌를 수 있었다고 본 것인지 고개를 갸우뚱하지 않을 수 없다. 게다가 '이 다섯 발의 총성이 단지 태양 때문이었다고 한다면, 과연 프랑스인들이, 세계인들이, 노벨 문학상 위원회가 그렇듯 카뮈와 뫼르소에게 공감하고 『이방인』에 열광했을 것인가'라는 그 번역자의 말은 좀 심했다. 아마 그는 뫼르소라는 인물에 너무 애정을 느낀 나머지 그를 그냥 상식적인 차원에서, 혹은 보통 사람의 차원에서 이해하고 변호하고 싶었던 모양이다. 뫼르소의 유죄를 주장하는 검사의 논리 안에서 그를 변호하고 싶었던 모양이다. 뫼르소가 검사와 같은 패러다임의 논리 속에서 검사를 설득하지 못했기 때문에 사형 선고가 내려진 것으로 이해한 모양이다. 얼핏 설득력이 있어 보인다. 하지만 뫼르소가 사형 선고를 받은 것은 검사와 같은 논리의 틀에서 검사를 설득할 수 없었기 때문이 아니다. 뫼르소가 실제 저지른 행위와는 아무런 상관없는 논리의 틀에 의해 그는 사형 선고를 받은 것이다. 뫼르소가 총을 발사하게 된 이유는 검사의 논리, 상식적인 논리로는 밝힐 수 없는 것이다. 뫼르소는 그런 상식적인 차원의 인간이 아니며 뫼르소의 살인은 그런 상식적인 차원의 논리로 해명되거나 해명되지 못할 차원의 행동이 아니다. 그는 정말로 햇빛 때문에 살인을 한 것이다. 그 젊은 번역자의 말과는 달리 다섯 발의 총성이 단지 태양 때문이었다는 바로 그 황당한(?) 사실 때문에 실은 나를 비롯해 많은 사람이 이 작품에 열광한 것이다. 이제부터 그 이야기를 좀 하자.

우선 뫼르소라는 인물부터 살펴보자. 그는 한마디로 비상식적일 정도로 무심한 인물이다. 그에게는 일상에서 벌어지는 모든 일이 그저 심드렁할 뿐이다. 엄마를 양로원에 모셔 놓고 거의 찾아가지 않았다는 사실, 엄마 장례식에서의 무심한 태도들을 특정할 필요도 없다. 사장, 양로원 원장, 마리를 비롯해 거의 모든 등장인물과의 대화가 그렇고, 뫼르소의 행동이 거의 전부 그렇다. 적어도 우리가 앞서 인용한 저 절정의 순간에 이르기까지의 그의 모든 행동과 마음가짐이 그렇다. 그가 얼마나 상식 밖의 인물인지를 보여주는 대목을 하나만 인용해 보자.

저녁에 마리가 나를 만나러 와서 자기와 결혼하고 싶냐고 물었다. 나는 하건 안 하건 상관없다며 그녀가 원한다면 결혼할 수 있다고 말했다. 그러자 그녀는 내가 그녀를 사랑하는지 알고 싶어 했다. 나는 이미 한번 말한 것처럼, 그런 건 아무 의미도 없다고, 하지만 분명히 그녀를 사랑하지 않는 것 같다고 대답했다.

"그렇다면 왜 나랑 결혼하겠다는 거예요?" 그녀가 말했다. 나는 그녀에게 그런 건 별로 중요하지 않다, 하지만 그녀가 원한다면 결혼할 수 있다고 말했다. 게다가 그녀가 먼저 그걸 물었고 나는 좋다고 대답했을 뿐이었다. 그러자 그녀는 결혼은 중요한 일이라고 지적했다. 나는 "그렇지 않아"라고 대답했다. 그녀는 한순간 입을 다물었고 조용히 나를 바라보았다. 이윽고 그녀가 입을 열었다. 다만 그녀는 비슷한 식으로 맺어진 다른 여자로부터 같은 제안을 받더라도 내가 그것을 받아들일지 알고 싶을 뿐이라고 말했다. 나는 "물론이지"라고 대답했다. 그러자 그녀는 자기가 나를 사랑하는지 의아해했고 나로서는 그 점에 대해서는 아무것도 알 수 없었다. 그녀는 얼마간 더 묵묵히 있다가 내가 참 이상한 사람이라고, 나를 좋아하는 것은 분명 그 때문이지만 언젠가는 똑같은 이유로 나를 싫어하게 될지도 모른다고 중얼거렸다. 내가 더 할 말이 없어 잠자코 있자 그녀는 웃으면서 내 팔을 잡더니 나와 결혼하고 싶다고 선언하듯 말했다. 나는 그녀가 원하면 그 즉시 결혼하자고 대답했다. (65~66쪽)

어떤가, 너무 상식에서 어긋나지 않는가? 그런데 조금 주의해서 보면 뫼르소가 상식 밖의 인물이라는 것 외에 그가 지닌 또 다른 특질을 위의 인용문에서 우리는 발견할 수 있다. 그것은 그가 아주 정직한 사람이라는 사실이다. 상식적인 차원에서

라면 아마 사랑은 하지만 결혼은 생각해 봐야겠다고 대답했을 것이다. 혹은 그냥 사랑한다고, 그러니까 결혼하자고 대답했을 것이다. 비슷한 경우 우리는 대개 그런 말을 하며 세상을 살아간다. '결혼은 중요하다. 사랑하니까 결혼한다'라는 것이 우리가 거의 진리처럼 받아들이고 있는 상식이다. 그런데 뫼르소는 자기에게 결혼은 그다지 중요하지 않다, 다만 마리가 결혼하자고 하면 하겠다, 그것도 꼭 마리가 아니라 다른 누가 그런 요구를 하더라도 그렇게 할 것이다, 라고 대답한다. 결혼 같은 큰일에 대해서 그는 심드렁하게 생각하며, 애인에게 사랑하지 않는다고 솔직하게 말한다. 상식대로라면 당장 난리가 날 대답이며 둘의 관계는 곧바로 파탄이 났을 것이다. 그런데도 뫼르소는 그렇게 대답한다. 정직하기 때문이다. 그의 무심함은 정직함의 다른 모습이다.

왜 무심한가? 그 모든 게 정말로 중요하지 않기 때문이다. 그 모든 게 의미가 없기 때문이다. 자기가 보기에 별로 중요하지 않고 의미가 없는 것에 의미가 있는 척하기 싫어서이다. 아니, 척하기 싫어서가 아니라, 아예 그럴 줄 모른다. 실은 그가 유별난 존재라서 그러는 것이 아니다. 우리도 가끔 그런 경험을 한다. 세상사 모두 의미가 없어지는 것 같은 경험을 당신은 해보지 않았는가? 절망까지는 아니더라도 그저 권태 비슷한 상태에 빠져본 경험이 없는가? 세상 사람들이 진지하게 여기는 것이 모두 우스꽝스러워 보이는 경험을 해보지 않았는가? 그러나 우리는 곧 그런 상태에서 빠져나온다. 그리고 우리의 존재에 대해, 우리의 행동에 대해 의미를 부여한다. 최소한 의미를 부여하려는 노력을 한다. 의미가 있다고 자신에게 거짓말한다. 그러면서 안심한다. 그런 무의미 속에서는 살아갈 수 없는 것이 인간이기 때문이다. 그런데 뫼르소는 그러지 않는다. 그러니 마리의 말대로 그는 '참 이상한 사람'이다. 그는 그런 무의미를 그냥 정직하게 받아들이며 사는 존재이다.

카뮈와 동시대를 살았던 사르트르라는 철학자는 『구토』라는 소설을 썼다. 우리가 '인간'으로 태어났다는 그 사실 하나만으로도 존재 이유가 있는 줄 알았는데, 실은 길거리의 돌멩이처럼 그냥 세상에 던져진 무의미한 존재라는 것을 알게 되었을 때 오게 되는 신체적 반응을 그는 '구토'라고 표현했다. 대부분의 사람은 구토감을 느끼지 않고 살아간다. 자신이 무의미한 존재라는 것을 모르는 채 그냥 무의미 속에서 살아가는 것이다. 사르트르는 그런 삶을 즉자적 삶이라고 말했다. 사르트르의 '구토'는 자신이 무의미한 존재라는 사실을 인식한 순간 보이는 신체적 반응이다. 그게 저 유명한 실존주의의 출발점이다. 실존주의는 모든 철학이 그렇듯 인간이란 무엇인가, 인간의 존재 의미는 어디에 있는가? 라는 질문에서 출발한 것이며 그 질문에 대한 새로운 답을 모색한 철학이다.

서구의 경우 중세까지만 해도 그에 대한 답은 비교적 쉬웠다. 세상은 신의 섭리로 움직이게 되어 있으니 그 절대 진리를 따라 살면 되었다. 게다가 인간은 하느님이 자신의 형상을 본떠서 만든 특별한 존재이다. 하느님의 은총으로 인간으로 태어날 수 있었다는 것, 그것 자체가 인간의 고결한 존재 의미이다. 인간 스스로 인간의 존재 의미를 찾아 고뇌할 필요가 없다. 필요한 것은 신의 뜻을 헤아려 그 뜻을 제대로 따르는 데 있다. 삶이 부조리하고 고통스럽다 할지라도 신의 섭리라는 더 큰 틀 안에서는 그 부조리와 고통조차 조리 있고 합리적인 현상이다.

그런데 르네상스를 계기로 이상한 일이 벌어진다. 인간의 이성에 대한 믿음이 커지면서 신의 섭리 자리를 인간의 이성이 대신하는 것이다. 인간이 인간다운 것은 인간에게 이성이 있기 때문이라는 것이다. 이른바 합리주의의 탄생이다. 자세한 설명은 생략하거니와 '나는 생각한다, 고로 나는 존재한다'라는 데카르트의 선언이 바로 합리주의 명제를 한마디로 압축한 것이다. 그런데 합리주의는 그렇게 생각하는 존재로서의 인간의 의미 부여에서 그치지 않는다. 인간의 이성만이 이 세상을 합리적으로 만들 수 있는 능력을 지니고 있다는 믿음으로까지 나아간다.

그런데 20세기에 들어와서 합리주의 자체에 대한 의심이 들기 시작한다. 인간이 과연 그렇게 그 자체 선험적으로 의미를 지닌 존재인가 하는 의심, 세상이 과연 그렇게 합리적인 질서 속에서 움직이느냐 하는 의심이 들기 시작한 것이다. 그런 의심과 함께 과연 '나'라는 구체적 존재의 의미가 내 삶과는 무관하게 미리 주어져 있는 의미로 환원될 수 있는가, 하는 의문이 고개를 들기 시작한 것이다. 그렇다고 다시 신이 주도하는 중세로 돌아갈 수는 없다. 모든 것을 새롭게 물어야 한다. 실존주의는 그런 질문 중의 하나이다. 선험적으로 주어진 의미를 본질적 의미, 혹은 본질이라고 보면 되고 나의 구체적 삶을 통해 내 것이 된 의미를 실존적 의미, 혹은 그냥 실존이라고 보면 된다. 실존주의는 나의 존재 의미를 구체적 나의 실존에서 찾지, 미리 주어져 있는 본질적 의미에서 찾지 않겠다는 선언으로 보면 된다. 바로 거기에서 '존재는 본질에 선행한다'라는 멋진 말도 생겨났다. 쉽게 말해 기본적으로 좀 삐딱한 게 실존주의이다. 말하자면 아버지 세대에 대한 자식의 반항과 비슷하다. 그 선언에는 내 삶은 오로지 내 거야, 내 삶에 대한 책임은 오로지 내게 있어, 나와 무관하게 미리 주어져 있는 가치관으로 나를 얽매거나 강요하려 하지 마, 내 존재 의미는 내가 만들어갈 거야, 라는 반항심이 들어 있다. 그리고 보면 우리는 조금씩 실존주의적인지 모른다. 살아오면서 누구나 그런 반항기(反抗期)를 겪기 때문이다.

내가 구체적으로 만들어가는 의미, 나라는 존재의 구체적 삶을 통해 구현되는 의미를 중시하는 것이 바로 실존주의니까 그 스펙트럼은 한없이 넓을 수밖에 없다. 그리고 단 한 가지 정답이 있을 수 없다. 따라서 넓은 의미의 실존주의는 새로운 답을 제시하려는 노력이라기보다는 삶의 의미 자체에 대한 새로운 질문에 가깝다. 사르트르 같은 철학자가 기투(企投)니, 지향이니 하는 어려운 단어를 사용해서 서둘러 답을 제시하려 애썼다면 카뮈의 실존주의는 질문 자체에 가깝다고 보면 된다. 지나는 길에 덧붙이자면 성급한 답보다는 질문을 통한 모색이 우리에게 더 울림을 주는 법이다. 최소한 인문학, 혹은 문학의 틀에서는……

뫼르소의 상식에서 벗어난 행동을 이해하기 위해 좀 먼 길을 둘러왔다. 하지만 뫼르소의 그 무심한 행동, 비상식적인 행동이 지닌 최소한의 의미는 이해할 수 있게 된 셈이다. 그는 우선적으로 기존의 주어진 의미를 거부한다. 주어진 의미의 거부는 이 세상이 합리적 질서, 혹은 인과의 고리에 의해 필연성으로 맺어져 있다는 사실에 대한 거부와도 연결된다.

다시 『이방인』을 돌아보자. 작품에서 우리 눈에 두드러지는 것은 뫼르소의 무심함만이 아니다. 작품 속의 중요 사건들이 모두 우연으로 연결되어 있다. 아니 차라리 우연적인 일들의 연속적인 단절로 구성되어 있다. 작품의 중요 사건들만 나열해 보자. 어머니의 죽음, 장례식, 해수욕, 마리와의 정사, 레몽의 치정 사건에의 연루, 해변, 작은 샘, 아랍인, 태양과 다섯 번의 권총 발사, 재판. 이 모든 사건(?)은 그 어떤 인과관계로도 맺어져 있지 않다. 뫼르소라는 한 인간의 삶 속에서 우연히 벌어진 일들일 뿐이다. 그뿐 아니다. 그 모든 사건은 이 소설의 정점이라 할 수 있는 아랍인 살해와는 아무 연관도 없다. 『이방인』은 작품 속의 사건들을 일종의 인과관계로 치밀하게 맺어주고 있는 소설이 아니다. 역으로 이 작품 속 사건들이 그저 우연일 뿐이라는 것을 아주 정교하고 치밀하게 구성한 작품이다. 우리의 존재가 그냥 의미 없게 세상에 던져진 것과 마찬가지로 우리가 살면서 겪는 일들도 그냥 우연히 그렇게 벌어진 것임을 공들여 보여준 작품이다. 그러니 그 사건 간에는 아무런 인과의 고리도 없다. 그런데 그렇게 아무런 연관도 없던 일들이 살인 사건을 중심으로 인과(因果)의 연결 고리로 빈틈없이 맺어진다. 우연히 벌어진 사건들이 모두 살인 사건의 원인이 되며, 뫼르소가 무심코 한 행동들은 모두 의도적인 행동들이 된다. 바로 검사에 의해서이다. 그는 그 우연들, 무의식적인 행동들을 살인 사건이라는 하나의 결과의 원인으로 꿰맞춘다. 그의 논리에 의해 뫼르소의 행동, 생각, 심지어 그의 심리 상태까지도 살인의 원인이 된다. 그 모든 것이 인과의 고리라는 합리적(?) 질서 속에 일사불란하게 정렬된다.

내가 제대로 이해했다면 검사의 핵심적인 생각은 내가 범죄를 미리 계획했다는 것이었다. 최소한 그는 그것을 증명하려 했다. 그는 스스로 이렇게 말했다.
"여러분, 내가 그것을 증명해 보이겠습니다. 그것도 이중으로 증명해 보이겠습니다. 첫째로 명명백백한 사실에 비추어, 다음으로는 범죄를 저지른 이 영혼의 심리 상태가 제공하는 어두컴컴한 조명 안에서 증명해 보이겠습니다."

그는 엄마의 죽음으로부터 출발해 사실들을 요약했다. 그는 나의 무감각, 엄마의 나이도 몰랐다는 사실, 장례식 다음 날 한 여자와 함께 해수욕을 갔던 일, 그녀와 함께 영화를, 그것도 페르낭델의 영화를 보았던 일, 마지막으로 마리와 함께 내 집으로 갔던 일들을 상기시켰다. (……) 이어서 그는 레몽 이야기를 했다. 나는 사건을 보는 그의 방식이 여간 명석한 것이 아니라고 생각했다. 그가 한 말은 그럴듯했다. 나는 우선 레몽과 합의해서 그의 정부를 꾀어내는 편지를 썼다. 그리고 그녀를 품행이 의심스러운 남자의 손에 넘겨 부당한 취급을 받게 했다. 나는 해변에서 레몽의 상대들에게 시비를 걸었다. 레몽이 부상을 당했다. 나는 레몽에게 권총을 달라고 했다. 나는 그것을 사용할 목적으로 혼자 되돌아갔다. 나는 계획대로 아랍인을 쏘아 죽였다. 나는 기다렸다. 그리고 '일이 잘 처리되었는지 확인하기 위해' 네 발의 총알을 침착하고 확실하게, 어떤 의미로는 심사숙고 끝에 발사했다. (141~142쪽)

누구나 고개를 끄덕일만한 논리이다. 심지어 뫼르소까지도 '사건을 보는 그의 방식이 여간 명석한 것이 아니라고' 생각한다. 하지만 사건을 보는 그의 방식이 명석하다는 사실이, 그의 논고가 논리적이라는 사실이 곧 그의 논고가 진실에 가깝다는 것을 증명해주지는 못한다. 뫼르소에게는 어머니의 죽음도, 장례식도, 마리와의 해수욕과 정사도, 심지어 그가 살해한 아랍인과 레몽과의 관계도, 레몽과 뫼르소와 아랍인 사이에서 벌어진 일도 그가 권총을 발사한 행동과는 아무런 연관이 없다. 그 모든 것은 그냥 우연이다.

이 대목에서 내가 실제로 목격한 한 장면이 떠오른다. 내가 우연히 참관했던 어느 청문회장 장면이다. 그 청문회장에서 청문의 대상이 된 사람은 일종의 초인이 되어야만 했다. 그는 과거의 모든 일을 다 기억해야 했고, 과거에 했던 행동, 과거의 발언, 심지어 과거에 했던 생각도 모두 의도적이어야 했다. 나는 한 사람의 모든 행동과 생각을 의식적 인과의 고리로 맺으려 하는 그 청문회 공간이, 그 논리적 공간이, 역으로 초현실적이고 환상적인 공간 같다는 생각을 했었다. 실제 현실과는 너무 동떨어진 공간이었기 때문이다. 도대체 우리가 하는 행동 중에 의식적으로 행하는 행동이 몇 퍼센트나 될 것인가? 그 행동의 결과를 염두에 두고 하는 행동이 몇 퍼센트나 될 것인가? 과거에 무심코 했던 행동을 도대체 몇 퍼센트나 기억할 수 있을 것인가? 그건 마치 우리가 걸음을 걸으면서 다음에 내디딜 발걸음을 생각하지 않고 계산하지 않는 것과 같다. 우리의 행동에 의식적인 계획에 의한 행동도 있을 수 있지만 그 비중은 지극히 적다. 게다가 우리의 주인공 뫼르소는 어떻겠는가? 뫼르소에게는 바로 자신의 사건을 다루고 있는 법정이 현실이 아니라 환상적인 공간으로 느꼈을 것이고 그 느낌은 내가 청문회장에서 느꼈던 것보다 훨씬 심했을 것이다. 자신의 살인 사건을 다루고 있는 그 법정조차 자신과는 무관한 일이 벌어지고 있는 공간처럼 여겨졌을 것이다. 진실은 햇빛 때문에 총을 발사한 것인데, 그 진실과는 거리가 먼 이야기만 오가는 공간, 그 공간이 뫼르소에게는 환상처럼 여겨졌을 것이다. 그런 뫼르소에게 그 진실은 아주 간단하다.

> 나는 모든 것이 지극히 간단하다고 대답했다. 그는 그날 내게 일어난 일을 되짚어 이야기해보라고 했다. 나는 이미 그에게 해주었던 말을 되풀이했다. 레몽, 해변, 해수욕, 싸움, 그리고 다시 해변, 작은 샘, 태양과 다섯 번의 권총 발사. (98쪽)

그렇다면 그 간단한 진실이 의미하는 것은 무엇인가? 세상사에 그토록 무심하고 둔감한 이방인 뫼르소가 권총을 다섯 번 발사하게 만든 원인은 무엇인가? 세상사에 그토록 무심한 그가 그토록 격렬한 행동을 하게 만든 직접적인 원인은 무엇인가? 그가 민감하게 반응할 수밖에 없게 만든 것은 무엇인가? 동어 반복 같지만 그것은 바로 태양, 한낮의 뜨거움이다. 뫼르소에게는 그것이 그의 현실이고 실존이다.

> 내려가면서 우리는 레몽의 방문을 두드렸다. 그가 곧 내려오겠다고 대답했다. 거리로 나서자 피곤한 데다 집의 덧창을 열지 않고 있었던 탓에, 이미 햇볕이 가득한 한낮이 마치 내 따귀를 때리는 것 같았다. (72쪽)

한낮이 실제로 내 따귀를 때릴 리 없다. 그런데 뫼르소는 한낮이 내 따귀를 때린 것 같다고 말한다. 따귀를 맞는다는 것은 직접적인 접촉이 이루어졌다는 뜻이다. 모든 인간관계에 대해 그토록 무심하던 그가 한낮과는 몸과 몸으로 만난다. 온통 우연으로 이루어져 있는 이 작품에서 주인공과 세상이 필연으로 맺어지는 유일한 장면이다. 살인의 동기는 그렇게 시작된다.

그것이 무슨 의미를 지니는가? 온통 우연으로 이루어진 작품의 사건 중에 뫼르소의 살인에만은 분명한 동기가 있다는 뜻이다. 뫼르소의 살인 사건만은 필연적인 사건이라는 뜻이다. 물론 그 동기는 겉으로 드러난 사건이나 뫼르소의 행동에 있지 않다. 그 동기는 뫼르소의 내면에 있다. 그 동기는 바로 뫼르소 내면의 충동이다. 그 행동만이 필연적으로 내가 저지른 행동이다. 태양 때문에 '우연히' 살인을 저지른 것이 아니라 태양 때문에 '필연적으로' 살인을 저지르게 된 것이다. 살인이 목적이 아니었으니 살인이라는 결과는 우연일지 몰라도 총을 다섯 발 발사한 행위는 필연이다. 그는 살인하기 위해서 샘으로 간 것이 아니다. 다만 한순간의 휴식을 위해서이다. 게다가 아랍인이 그곳에 있었던 것도 우연이니 살인은 우연히 일어난 사건이다. 하지만 뫼르소가 그곳에 간 것, 총을 다섯 발 발사한 것은 필연이다. 이런 표현이 가능하다면 이 작품에서 주인공 뫼르소가 유일하게 진정으로 절실하고 의미 있는 행동을 하는 순간이다. 그가 세상과 연관을 맺는 유일한 순간이다.

이제 그만하고 이쯤에서 묻자. 어머니의 죽음 앞에서도 슬퍼할 줄 모르는 냉혹한 인간, 장례식 다음 날 해수욕을 하고 애인과 정사를 나눈 부도덕한 인간이 친구의 복수를 위해 아랍인을 죽였다는 검사의 논리가 진실인가? 아니면 '이 열기를 더 이상 견딜 수 없어서 나는 앞으로 한 걸음 내디뎠다. 나는 그것이 어리석은 짓이라는 것, 한 걸음 옮긴다고 해서 태양으로부터 벗어날 수 없다는 것을 알고 있었다. 하지만 나는 한 걸음, 다만 한 걸음 앞으로 나갔다'라는 뫼르소의 말이, 햇빛 때문에 총을 발사했다는 뫼르소의 말이 진실인가? 어느 것이 필연이고 어느 것이 우연인가?

그러나 우리는 우연을 필연으로 만드는 세상, 필연을 언어도단으로 치부하는 세상에 살고 있다. 이중삼중의 부조리가 얽혀 있는 세상을 살고 있다. 우연으로 얽혀 있는 삶, 뚜렷한 동기나 목적이 없는 무의미한 삶을 살고 있다는 의미에서 부조리하고 그 부조리를 외면하고 환상적인 논리를 만드는 삶을 살고 있다는 의미에서 부조리하며, 인간존재 자체가 부조리하다는 의미에서 부조리하다. 그 부조리를 인식하는 순간, 뫼르소는 외친다.

그러자 이유는 알 수 없지만 내 속의 그 무언가가 폭발했다. 나는 목청껏 고함을 질렀고 그에게 욕설을 퍼부으며 기도하지 말라고 말했다. 나는 신부복 깃을 움켜쥐었다. 나는 기쁨과 분노로 가슴이 벅차오른 채 내 가슴 저 밑바닥 모든 것을 그에게 쏟아부었다. 당신은 너무 확신에 차 보이지, 그렇지 않아? 하지만 당신의 확신은 여자 머리카락 한 올의 가치도 없는 거야. 당신이 살아 있다는 것조차 분명하지 않아. 죽은 자처럼 살고 있기 때문이야. 나는 빈손인 것처럼 보이지? 하지만 나는 나에 대해서, 모든 것에 대해서, 내 삶에 대해서, 그리고 장차 찾아올 죽음에 대해서 당신보다 더 확신하고 있어. 그래, 나는 가진 게 그것밖에 없어. 하지만 나는 최소한, 이 진실이 나를 붙들고 있는 것만큼 이 진실을 부여잡고 있어. 나는 옳았고 옳으며 언제나 옳을 거야. 나는 이렇게 살아왔지만 다른 식으로 살았을 수도 있어. 나는 이런 것을 했고 저런 것은 하지 않았어. 어떤 것은 하지 않았고 대신 다른 것은 했어. 그래서? 그건 마치 내가 내내 이 순간을, 내가 정당화될 수 있는 이 작은 여명(黎明)을 기다려 온 것과 같아. 어느 것도, 그 어느 것도 중요하지 않았고 나는 그 이유를 잘 알고 있어. 당신도 그 이유를 알고 있어. 내가 영위해 온 이 부조리한 삶 내내 나의 미래 저 깊숙한 곳으로부터 한 줄기 어두운 바람이 아직 오지 않은 세월을 통해 내게로 불어 올라오고 있어. 그리고 그 바람이 지나가면서, 내가 지금 살아내고 있는 이 시간보다 더 현실감이 있다고 할 수도 없을 그 세월 동안 내게 주어졌던 모든 것들을 아무 차이도 없게 만들어버리고 있어. 다른 사람들의 죽음, 어머니의 사랑이 내게 뭐 그리 중요하단 말인가! 당신의 하느님, 사람들이 선택한 삶, 사람들이 뽑은 운명, 그런 것이 내게 뭐 그리 중요하단 말인가! 단 하나의 운명만이 나 자신을 선택했고 당신처럼 나를 형제라고 부르는 수없이 많은 특권을 받은 사람들도 마찬가지야. 이해하겠어? 모든 사람이 특권을 받은 거야. 특권을 받은 사람밖에 없는 거야. 다른 사람들도 어느 날 사형 선고를 받겠지. 당신도 사형 선고를 받을 거야. 살인죄로 기소된 자가 어머니 장례식에서 울지 않았다는 이유로 처형된들 그게 뭐 그리 중요하겠는가? 살라마노의 개도 그의 아내만큼이나 가치가 있는 거야. 그 자동인형 같은 여자도 마송이 결혼한 파리 여자나 내가 결혼해주기를 원했던 마리만큼 죄가 있는 거야. 레몽이, 그보다는 훨씬 나은 셀레스트와 마찬가지로 나의 친구라는 게 뭐 그리 중요하단 말인가? 마리가 오늘 새로운 뫼르소에게 입술을 내준다 한들 그게 뭐 그리 중요하단 말인가? 그래,

당신은 이 사형수를 이해할 수 있는가? 내 미래 저 깊은 곳으로부터 오는 그것을……. (171~173쪽)

　그리고 역설적이게도 그 외침과 함께 그는 세상과 자신이 너무 닮았음을 느끼고 행복을 느낀다.

　그리고 나 역시 온전히 새로 살 준비가 되었음을 느낀다. 마치 그 커다란 분노가 내게서 악을 씻어내고 희망을 모두 비워버린 듯, 신호와 별들로 가득 차 있는 이 밤 앞에서 나는 처음으로 이 세상의 다정스러운 무관심을 향해 나 자신을 열었다. 이 세상이 나와 너무 닮았고 마침내 너무 형제처럼 여겨졌기에, 나는 행복했었고 여전히 행복하다고 느꼈다. 모든 것이 이루어지도록, 내가 외로움을 덜 느낄 수 있도록, 내가 처형되는 날 많은 구경꾼이 모이기를, 그들이 증오의 함성으로 나를 맞아주기를 이제 바랄 뿐이다. (174~175쪽)

　세상과 무관심으로 하나가 된다! 이 역설! 이 마지막 대목은 무엇을 의미하는가? 세상 무관심과 부조리를 내 온몸으로 맞이하는 것을 의미한다. 그러나 세상의 무관심과 부조리를 내 온몸으로 맞이한다는 것이 어떻게 행복으로 이어질 수 있는 가? 그에 대한 답은 쉽게 할 수 있는 성질의 것이 아니다. 억지로 이런저런 논리를 펴도 부자연스러울 뿐이다. 대신 우리는 카뮈의『시지프 신화』의 한 대목을 읽어보기로 하자.『시지프 신화』는『이방인』의 이해를 돕기 위하여 카뮈가 쓴 별도의 책이다. 시시포스는 신에게 거역한 죄로 끊임없이 산꼭대기까지 바윗덩어리를 굴려 올려야 하는 형벌을 받는 신화 속 존재이다. 그러나 꼭대기에 이른 바윗덩어리는 그 무게 때문에 꼭대기로부터 다시 굴러떨어진다. 시시포스는 그 바윗덩어리를 다시 굴려 올려야 한다. 이 무익하고 희망 없는 일보다 더 무서운 형벌은 없다. 카뮈는 그런 시시포스를 부조리의 영웅이라고 말한다. 그의 고뇌만큼이나 그의 정열 때문에 부조리의 영웅이라고 말한다. 그는 그 부조리를 그대로 살아내는 영웅이다. 그는 이 땅에 대한 정열, 삶에 대한 정열의 대가로, 아무것도 성취할 것 없는 일에 전 존재를 바쳐야 하는 형벌을 받는 존재이다. 게다가 그 형벌이 영원히 계속될 뿐 아무런 탈출구도 없다. 그런데 그 형벌은 온통 고통만으로는 이루어져 있지 않다. 카뮈는 『시지프 신화』라는 책에서 같은 제목이 달린 마지막 장의 끝부분에 다음과 같이 쓴다.

이런 식의 하강이 어떤 날에는 고통 속에서 행해진다면 그것은 기쁨 속에서도 행해질 수 있다. 과장이 아니다. 바위를 향해 다가가는 시시포스를 상상해본다. 처음에는 고통스럽다. 땅의 이미지들이 그의 기억에 너무 생생할 때, 그리고 너무도 간절하게 행복을 갈망할 때 인간의 마음속에 슬픔이 인다. 그것이 바위의 승리요, 바위 자체이기도 하다. 그 엄청난 비탄은 감당하기 어렵다. (……)

행복에 대한 어떤 안내서를 쓰려는 시도 없이는 부조리를 발견할 수 없다. "에이! 뭐라고! 그렇게 좁은 길들을 통해서……?" 그러나 단 하나의 세계만이 있을 뿐이다. 행복과 부조리는 같은 땅에서 태어난 두 아들이다. 둘은 분리할 수 없다. 행복이 반드시 부조리의 발견으로부터 태어난다고 말하는 것은 잘못이다. 부조리의 감정이 행복으로부터 태어날 수도 있다. (……)

시시포스의 은밀한 기쁨이 온통 거기에 있다. 그의 운명은 그에게 속한 것이다. 그의 바위는 그의 것이다. 마찬가지로 부조리한 인간이 자신의 고통을 응시할 때 모든 우상을 침묵하게 만든다. 갑자기 자신의 침묵으로 돌아간 우주 속에서 무수한 작은 경이로운 소리가 대지로부터 솟아오른다. 무의식적인 부름과 비밀들, 모든 얼굴의 초대는 승리의 필연적인 이면(裏面)이요 그 대가이다. 그늘 없는 태양이란 없으니 밤을 알아야 한다. 부조리한 인간은 긍정적인 답을 하고 그의 노력은 결코 멈추지 않을 것이다. 개인적인 운명이 있다 하더라도 위에서 군림하는 운명은 없다. 혹은 최소한 불길하고 경멸할 만하다고 판단될 그런 단 하나의 운명만이 있을 뿐이다. 나머지 것에 관한 한 그는 자신이 자신의 날들의 주인이라는 것을 안다. 인간이 자신의 삶으로 되돌아서는 이 미묘한 순간 시시포스는 자신의 바위를 향해 되돌아가면서 서로 연관이 없는 일련의 행동들, 자신에 의해 창조되어 자신의 운명이 된 행동들, 자신의 기억의 시선 아래 통합되어 머지않아 죽음에 의해 봉인될 그 행동들을 응시한다. 이렇듯 인간적인 모든 것의 오로지 인간적인 근원에 대해 확신하면서, 그 무언가 보기를 원하지만 밤이 끝이 없다는 것을 알고 있는 장님으로서 시시포스는 여전히 앞을 향해 걸어간다. 바위가 다시 굴러떨어진다.

나는 시시포스를 산기슭에 내버려 둔다! 우리는 언제나 그의 무거운 짐을 다시 발견한다. 그러나 시시포스는 신들을 부정하고 바위를 들어 올리는 탁월한 충실성을 가르쳐준다. 그는 모든 것이 좋다고 판단한다. 이제부터 주인 없는 이 우주가 그에게 불모로 보이지도 않고 황량해 보이지도 않는다. 이 돌 부스러기 하나하나, 어둠으로 가득 찬 이 산에서 반짝이는 광물들의 섬광 하나하나가 오로지 그에게 하나의 세계를 이루고 있다. 정상을 향한 싸움 그것만으로도 인간의 마음을 채우기에 충분하다. 행복한 시시포스를 상상해야 한다.

영원히 되풀이되는 형벌 속에서, 다시 떨어질 줄 알면서 정상을 향한 싸움, 그 노력 자체에서 행복을 느끼는 시시포스! 그를 꿈꾸는 카뮈! 이보다 더 실존적인 발언은 없다. 카뮈 하면 연상되는 '부조리'라는 단어는 행복을 향한 강렬한 열망의 다른 표현이다.

알베르 카뮈(Albert Camus, 1913~1960)는 1913년 11월 7일, 알제리의 몬도비에서 뤼시앵 오귀스트 카뮈와 카테린 생테스 사이에서 차남으로 태어났다. 1914년 제1차 세계 대전이 발발하자 알제리 보병으로 징집되었던 그의 아버지는 부상으로 사망한다. 어머니는 가정부로 일하면서 카뮈를 키웠다. 1930년 카뮈는 알제 대학에 입학하고 그곳에서 카뮈에게 평생 정신적 지주이자 스승이 된 장 그르니에를 만난다. 카뮈는 장 그르니에가 주도한 작은 월간 문예지 『쉬드』에 「새로운 베를렌」이라는 수필을 발표하면서 공식적으로 세상에 등단한다. 그는 1934년 첫 아내인 시몬 이에와 결혼하지만 모르핀 중독자였던 아내와의 결혼 생활은 오래가지 못했다. 1935년 『안과 겉 L'envers et L'endroit』을 집필하기 시작했고 1936년 알제대학을 졸업하고 철학 학사 자격을 취득한다.

카뮈는 1937년 『안과 겉』을 발표하고 1938년에는 걸작 수필집 『결혼』을 발표한다. 1940년 시몬과 결별하고 12월 프랑신 포르와 재혼한다. 이어서 1942년 『이방인』을 발표하고 이듬해 수필집 『시지프 신화』를 발표한다. 1947년에 『페스트』를 발표한 그는 즉각적으로 호응을 받는다. 『페스트』는 1941년에 집필을 시작하여 1943년 1차 탈고한 후 오랜 퇴고를 거쳐 1947년에 발표한 역작이다. 이후에도 젊은 시절부터 앓고 있던 폐결핵에 시달리면서도 카뮈는 희곡 『정의의 사람들』(1949), 수필집 『반항적 인간』(1951), 역시 수필집 『여름』(1954), 소설 『전락』(1955)과 『유배와 왕국』(1957)을 잇따라 발표했다. 1957년 노벨상 수상 소식을 전해 들은 그가 얼굴이 하얗게 질린 채 '앙드레 말로가 탔어야 하는데'라고 말했다는 사실은 유명하다. 그는 1960년 1월 4일 그는 갈리마르 출판사 대표인 가스통 갈리마르의 조카, 미셸 갈리마르가 운전하는 자동차를 타고 자신이 살고 있던 남프랑스 루르마랭 마을의 집에서 파리로 올라오다가 교통사고로 사망했다. 카뮈는 그 자리에서 숨을 거두었고 갈리마르도 5일 후 사망했다. 그의 유해는 그가 마지막에 가족과 함께 살던 남프랑스 루르마랭 마을에 묻혔다.

이방인

생각하는 힘: 진형준 교수의 세계문학컬렉션 99

펴낸날	초판 1쇄 2023년 11월 17일

지은이	알베르 카뮈
옮긴이	진형준
펴낸이	심만수
펴낸곳	(주)살림출판사
출판등록	1989년 11월 1일 제9-210호

주소	경기도 파주시 광인사길 30
전화	031-955-1350 팩스 031-624-1356
홈페이지	http://www.sallimbooks.com
이메일	book@sallimbooks.com

ISBN	978-89-522-4738-4 04800
	978-89-522-3984-6 04800 (세트)